PAKKAL

IL FAUT SAUVER L'ARBRE COSMIQUE

Catalogage avant publication de Bibliothèque et
Archives nationales du Québec et Bibliothèque et Archives Canada

Roussy, Maxime

   Pakkal : il faut sauver l'arbre cosmique

   (Pakkal ; 9)
   Pour les jeunes.
   ISBN 978-2-923372-31-0

   I. Titre. II. Titre: Il faut sauver l'arbre cosmique.
III. Collection: Roussy, Maxime. Pakkal ; 9.

PS8585.O876I4 2008   jC843'.54   C2008-941017-3
PS9585.O876I4 2008

Auteur: Maxime Roussy
Éditrice: Jacinthe Cardinal
Conceptrice graphique et logo: Marianne Tremblay
Révision : Rachel Fontaine et François Roberge
Illustration de la page couverture : Galin (Ivan Stoqnov)

Dépôt légal : 2ᵉ trimestre 2008
Bibliothèque nationale du Québec
Bibliothèque nationale du Canada

ISBN 978-2-923372-31-0

© Éditions Marée Haute
29, rue Royal, Le Gardeur (Québec) J5Z 4Z3
Tél. : (450) 585-9909 / Téléc. : (450) 585-0066

Société
de développement
des entreprises
culturelles
Québec ✚✚
✚✚

Pour leur programme de publications, les Éditions
Marée Haute reçoivent l'aide de la Société de développement des entreprises culturelles (SODEC).

Gouvernement du Québec — Programme de crédit
d'impôt pour l'édition de livres — Gestion SODEC

Nous reconnaissons l'aide financière du gouvernement du Canada par l'entremise du
Programme au développement de l'industrie de l'édition (PADIÉ) pour nos activités.

MAXIME ROUSSY

IL FAUT SAUVER L'ARBRE COSMIQUE

ÉDITIONS **MARÉE HAUTE**

Résumé des
péripéties précédentes

Le match de *Pok-a-tok* opposant l'équipe de Pakkal et de Serpent-Boucle, roi de Calakmul, contre Selekzin, fils du grand prêtre Zine'Kwan, est sur le point de commencer. Le prince est nerveux : s'il perd la partie, la tête de son ami Pak'Zil sera tranchée et Hunahpù, le soleil et un des Jumeaux héroïques, sera anéanti.

Dame Kanal-Ikal, grand-mère de Pakkal, surprend une conversation entre Serpent-Boucle et Buluc Chabtan, dieu de la Mort soudaine. Pour sauver ses filles d'une mort certaine, le roi de Calakmul veut conclure une alliance avec Ah Puch. Il trahit ainsi Pakkal qui misait sur ses talents de joueur de *Pok-a-tok*. Le prince sera donc seul contre trois adversaires.

Au début, les joueurs semblent de force égale, mais plus le match avance, plus la défaite de Pakkal est imminente. Ne lui reste qu'un espoir : insérer la balle de caoutchouc dans l'anneau de pierre. S'il y arrive, il sera vainqueur. Les risques sont nombreux, il est peu probable qu'il y parvienne. Il tente tout de même sa chance et, au grand dam de Ah Puch, il réussit. Serpent-Boucle, furieux, l'attaque avec son couteau d'obsidienne. Une rixe générale s'ensuit.

À l'aide de Takel, maîtresse des jaguars, Pakkal parvient à se débarrasser de Serpent-Boucle. Buluc Chabtan s'enfuit avec Hunahpù dans la Forêt rieuse. Pakkal le poursuit et le retrouve. Alors qu'il discute avec lui, il est attaqué par Selekzin. Il cède la place à son Hunab Ku, Chini'k Nabaaj, son double ténébreux.

Pendant ce temps, Pak'Zil le jeune scribe, devenu géant, se retrouve à Xibalbà, avec Zipacnà, dieu des Montagnes. Ils ont été projetés dans le Monde inférieur par Cabracàn, dieu des Tremblements de terre. Ils sont terrorisés.

Entre-temps, une rude bataille a lieu entre Pakkal, Selekzin et Buluc Chabtan. Au moment où Selekzin semble avoir pris le dessus, il est dévoré par Loraz, une mygale devenue énorme après avoir mangé de la gomme de *nic' te*. D'abord craintif, Pakkal s'approche d'elle et réussit à l'apprivoiser au point où il peut ensuite grimper sur son dos et s'enfuir.

Dans le Monde inférieur, Pak'Zil et Zipacnà rencontrent Zenkà, le guerrier de Kutilon assassiné par Muan, un dieu malveillant. Il leur raconte son épopée depuis qu'il est à Xibalbà. Captif, il a été amené à la Cuisine, lieu où on prépare la nourriture que l'on donne aux dieux du Monde inférieur, lesquels se nourrissent des cadavres enterrés dans le Monde intermédiaire.

De son côté, Serpent-Boucle a profité du tumulte pour s'enfuir dans la Forêt rieuse où il va rencontrer ses quatre filles. Sa joie fait vite place à l'horreur : ses filles, frappées par la malédiction d'Ix Tab, se sont enlevé la vie. C'est alors que des chuyok, des esprits chargés de protéger les tombeaux contre les violations, apparaissent autour de lui. Effrayé par eux, Serpent-Boucle se frappe la tête contre un rocher et tombe dans une rivière où il s'était arrêté pour boire. Il meurt noyé.

Pakkal, toujours sur le dos de sa mygale géante, rencontre Cabracàn. Grâce à une manœuvre audacieuse, il parvient à faire partie de l'équipage. Quelques instants plus tard, Cabracàn s'arrête. Pakkal se rend compte qu'il va assister à l'exécution de Hunahpù. S'il ne réagit pas, le soleil va disparaître. Il décide d'intervenir et, à l'aide de la lance de Buluc Chabtan, il se défend avec courage.

Peu de temps auparavant, dans la Forêt rieuse, Katan, l'être mi-chauveyas, mi-Maya, et la princesse Laya ont évité de justesse Cabracàn. Ils décident cependant de le suivre et se fondent dans la masse de chauveyas qui se dirigent vers le même endroit que le dieu des Tremblements de terre. Katan est frappé et perd Laya. C'est en allant à la recherche du prince qu'il assiste à la disparition de Hunahpù et de Buluc Chabtan. Après une âpre bataille, Pakkal et Katan parviennent à venir à bout des scorpions géants et des chauveyas. Ils retournent à Palenque.

À Xibalbà, Zenkà a appris à la dure la vie que l'on mène là-bas. Il cherche par tous les moyens à quitter ce monde ignoble. Si'Klo, son camarade de travail, lui fait des confidences. Selon lui, il existe une manière de faire revivre un mort. Avec cette idée en tête, Zenkà réussit à s'enfuir de la Cuisine après une multitude de péripéties, dont la trahison de son supposé complice, Si'Klo.

Pakkal est désemparé. Les tâches qui l'attendent sont colossales. Il ne sait par où commencer. Reconstruire Palenque ? Secourir Laya ? Se préoccuper de Pak'Zil et de Zipacnà ? Il décide de consulter Xantac, son ancien maître devenu *sak nik nahal*. Celui-ci lui conseille de secourir Hunahpù, aux prises avec Buluc Chabtan dans le Monde supérieur. Il lui suggère d'amener Frutok avec lui.

Après de nombreux jours de ténèbres, le soleil se lève enfin. Mais il n'est plus orange, ses rayons bleus sont devenus destructeurs.

Une rencontre avec Ah Puch permet à Pakkal d'entendre la voix des morts. Mais ce n'est pas un avantage, c'est une malédiction car ces voix le perturbent. Les gens qui l'entourent le croient devenu fou et appellent en renfort Bak'Jul, le praticien de la cité. Ses proches sont inquiets : le prince serait-il victime de la même maladie que son père ? Pakkal, accablé par les voix qui l'interpellent, est entraîné dans la Forêt rieuse où il fait la connaissance de Ek'Cal et de sa femme, Yaloum. Ce sont des chasseurs de *sak nik nahal* qui aident ceux qui sont perdus dans le Monde intermédiaire à retrouver leur chemin. Yaloum va percer les oreilles du prince avec des dents de furet afin que les voix des morts ne l'importunent plus.

Ek'Cal annonce à Pakkal que Zenkà, maintenant à Xibalbà, a besoin de son aide. Mais avant, il doit permettre à Chini'k Nabaaj, son Hunab Ku, de réintégrer son corps. Xantac lui fait comprendre que sans lui, il ne pourra pas sauver la Quatrième Création. Alors que Pakkal s'approche de son Hunab Ku, lui et Ek'Cal sont assaillis par des emperators, ces scorpions géants qui semblent être invincibles. Ek'Cal est piqué et meurt quelques instants plus tard.

Pakkal et Yaloum se rendent dans la Forêt rieuse où ils doivent creuser pour venir en aide à Zenkà. Pakkal saute dans le trou et se transforme en Chini'k Nabaaj. S'ensuit un affrontement entre lui et Si'Klo, qui sera dévoré par le Mintox, un être au corps de singe et à la tête de serpent. Le Mintox va ensuite s'en prendre au double ténébreux du prince et c'est le Chini'k Nabaaj qui gagnera finalement la bataille.

Pendant ce temps, Zenkà s'est enfui. Il a retrouvé Pak'Zil et Zipacnà. Puis ils entendent des jappements de chiens. Ils sont découverts.

Pakkal se rend à l'Arbre cosmique avec Yaloum. Ils assistent à la levée du soleil bleu meurtrier. Sa mission : sauver l'Arbre cosmique avant que le Monde intermédiaire ne soit détruit.

De Palenque à Toninà en passant par Copán et Chichén Itzá, dans tout le monde maya, on s'était réjoui de la renaissance de Hunahpù. Mais les célébrations avaient été de courte durée : le soleil était passé de l'orangé au bleu. Et ses rayons jadis bénéfiques s'étaient mis à répandre la mort. Partout, ces changements avaient semé la panique. Les autorités en place avaient tenté de calmer leurs sujets en prenant part à de longues séances de prière. Les grands prêtres avaient multiplié les sacrifices humains.

Au contact des rayons bleus, les arbres perdaient leurs feuilles en un seul jour, leurs écorces pourrissaient, les oiseaux tombaient raides morts, les animaux agonisaient et les champs de maïs dépérissaient à vue d'œil. Les Mayas furent touchés aussi : toutes les parties du corps qu'ils n'avaient pas pris la peine de dissimuler sous des vêtements devenaient rapidement douloureuses et se couvraient de cloques purulentes. Là-haut, quelque chose n'allait plus.

Le prince de Palenque, debout sur sa mygale géante, observait les rayons bleus du soleil filtrer à travers les nuages. Il assistait, impuissant, à la dégénérescence de l'Arbre cosmique dont les feuilles tombaient par milliers tandis que son tronc noircissait. Un air chargé de putréfaction s'insinua dans le nez du prince, qui détourna la tête et se força à respirer par la bouche.

Il entendit un gémissement, se retourna vivement et vit Yaloum, assise sur sa sauterelle géante, qui sanglotait. Il sauta sur le sol et s'approcha d'elle.

– Ça ne va pas ?

D'un geste de la main, Yaloum lui fit signe de ne pas s'inquiéter.

Pendant quelques instants, elle parvint à réprimer ses sanglots, puis se remit à pleurer. Pakkal enfourcha la sauterelle et vint s'asseoir près de la femme du défunt Ek'Cal.

– Je n'arrive pas à y croire, dit-elle. Mon mari et mon seul ami sont morts. Que vais-je devenir ?

– J'ai besoin de vous, dit Pakkal. Vous êtes la bienvenue dans l'Armée des dons.

Yaloum esquissa un triste sourire.

– Ek'Cal et moi travaillions avec les

morts, dit elle. Nous parlions souvent du jour où nous allions devenir des *sak nik nahal* à notre tour. Je ne croyais pas que ça allait se produire pour lui aussi rapidement. J'aurais préféré mourir avec Ek'Cal.

– Vous pourrez entrer en contact avec lui, dit le prince. Il sera toujours là.

– Je sais. Mais ce sera différent, je ne pourrai plus le toucher.

Pakkal ne sut que répondre.

Un craquement les fit sursauter tous les deux. Tout près, une branche de l'Arbre cosmique, aussi imposante que celle d'un arbre de la Forêt rieuse, tomba en un lourd fracas qui fit vibrer le sol.

Yaloum essuya ses larmes.

– Je ne dois pas m'apitoyer sur mon sort, dit-elle. Il me faut réagir, il nous faut agir.

Le prince se frotta l'avant-bras. Sa peau était rouge et gercée, il vit qu'elle se détachait en fins lambeaux.

– Il faut nous couvrir, dit Yaloum.

D'un sac fixé à la sauterelle géante, elle tira un grand morceau d'étoffe et le tendit au prince. Elle se couvrit elle-même d'une peau de tapir.

Pakkal avait chaud, il étouffait sous ce tissu qui gênait ses mouvements. Mais il n'avait pas le choix.

Le prince avança vers Loraz. À l'aide de son couteau d'obsidienne, il entreprit de défaire les liens qui maintenaient à la mygale le cadavre de Frutok le Hak. Il se souvenait de ce que lui avait dit Xantac, son défunt maître : enterrer le mort au pied de l'Arbre cosmique allait le ressusciter. Pakkal l'espérait sans trop y croire. L'Armée des dons ne pouvait se permettre de perdre un seul de ses soldats.

Yaloum, voyant que le prince n'y arriverait pas seul, vint lui prêter main-forte.

– Savez-vous ce qui va se produire si l'Arbre cosmique s'effondre ?

– Je m'en doute, dit Pakkal, mais je ne suis pas sûr de vouloir m'en souvenir.

Yaloum s'empara du couteau de Pakkal et d'un coup sec, coupa plusieurs liens.

Effectivement, cela n'avait rien de réjouissant. C'était une histoire que les vieilles du village racontaient aux enfants pour les effrayer. Elles prétendaient qu'un seul coup de couteau dans l'écorce d'un arbre pouvait provoquer un cataclysme et que le ciel allait leur tomber sur la tête !

Chez les Mayas, les enfants apprenaient dès leur plus jeune âge à vénérer la nature. En toute circonstance, ils devaient témoigner respect et attention à la totalité des êtres vivants, plantes et animaux. À défaut de quoi le malheur ne manquerait pas de s'abattre non seulement sur eux, mais sur leur famille et sur toute la communauté. Un arbre coupé ou un animal tué était un geste ultime auquel on ne pouvait avoir recours qu'après avoir épuisé les autres ressources. Sinon, gare aux foudres du Monde supérieur ! C'était une des premières notions inculquée aux Mayas, quel que fût leur statut social. Et le prince n'y avait pas échappé.

Pakkal leva les yeux.

– Le ciel va nous tomber sur la tête, murmura-t-il. Il faut réagir.

Yaloum fit glisser le corps de Frutok sur le sol.

– C'est ce qui va arriver si l'Arbre cosmique continue à se dégrader, dit-elle. Il ne pourra plus supporter le poids du ciel.

Pakkal tenta d'imaginer le Monde supérieur en train de s'effondrer sur le Monde intermédiaire.

– Ce serait catastrophique, dit-il.

Il songea aux quatre bacabs qui soutenaient les quatre coins du ciel. Y en avait-il un cinquième ? Il soumit sa question à Yaloum.

– J'ai beaucoup voyagé, répondit-elle. J'ai étudié, j'ai écouté les sages, et je n'ai jamais entendu parler d'un cinquième bacab. Ils sont si gigantesques, il est bien improbable qu'il y en ait un autre.

– Il fait sauver l'Arbre cosmique !

– Absolument, rétorqua Yaloum. Si le ciel s'effondre, les dieux bienveillants ne pourront plus agir à leur guise. Ce sera la fin du monde.

– La fin de la Quatrième Création, souffla Pakkal.

..

Aidé de Pakkal, Yaloum allongea Frutok sur le sol. Le corps du Hak était raide et il émanait de lui une odeur de putréfaction. Enterrer le cadavre du soldat de l'Armée des dons au pied de l'Arbre cosmique pourrait-il le faire revenir à la vie ? Pakkal le souhaitait mais il en doutait.

Le bras de Frutok, qui avait été sectionné avec des pinces, s'échappa de la couverture qui recouvrait son corps et roula jusqu'à eux. Yaloum eut un mouvement de recul.

– Il est bien mal en point, votre ami, dit Pakkal.

Il garda le silence un moment, hésitant à remettre le bras en place, se demandant si Yaloum allait le faire elle-même. Elle ne bougea pas. Pakkal, réprimant une grimace de dégoût, s'acquitta de la tâche. La peau de Frutok était poisseuse et légèrement gluante. Si le prince avait été seul, il aurait renoncé à ce geste. Mais il ne voulait pas montrer de signe de dédain devant Yaloum. Celle-ci avait cependant détecté son malaise :

– Je sais ce que vous ressentez, dit-elle.

– J'admets que c'est... troublant. Surtout que je le connaissais...

Lors des funérailles de Ohl Mat, dame Kanal-Ikal avait obligé Pakkal à toucher le cadavre. Par la suite, Pakkal avait fait d'affreux cauchemars où il revivait ce moment de terreur. Et pourtant, son grand-père était mort. Rien ne pouvait plus arriver ! Pourquoi alors avait-il ressenti autant de frayeur ?

De loin, dans le temple royal où on préparait les funérailles du vieil homme, Pakkal avait observé longuement le corps étendu sur un bloc de pierre. Alors que deux fonctionnaires enfilaient au mort ses vêtements les plus beaux et qu'ils le paraient de jade, Pakkal, les yeux fixés sur sa poitrine, avait cru voir celle-ci se soulever au rythme de sa respiration. Se pouvait-il qu'il soit vraiment mort ? Non ! pensa-t-il. Le vieil homme vivait.

Pakkal s'était précipité à l'extérieur du temple et avait couru auprès de sa mère pour lui annoncer la bonne nouvelle :

– J'ai vu grand-père respirer, avait-il crié à sa mère. Il n'est pas mort !

Dame Zac-Kuk s'entretenait alors avec plusieurs fonctionnaires de la cité, dont des scribes et le grand prêtre Zine'Kwan. Pakkal se souvenait du regard que ce dernier lui avait jeté, un regard rempli de malice. Il avait d'ailleurs éclaté de rire.

Dame Zac-Kuk avait entraîné son fils à l'extérieur et lui avait expliqué qu'il avait été victime d'une illusion, rien de plus.

– Il respire, je t'assure !

Sa mère avait planté son franc regard dans le sien.

– Petit Singe… Grand-père est mort. Tu y étais et tu l'as vu mourir.

Oui, il y était. Et les images de l'exécution de Ohl Mat allaient rester pour toujours gravées dans sa mémoire, y compris les détails les plus choquants.

Plusieurs questions se bousculaient dans la tête du prince. Ohl Mat était mort, mais où était-il parti ? S'il était à Xibalbà, qu'est-ce qu'il y faisait ? Pouvait-il respirer ? Manger ? Pakkal allait-il le revoir un jour ? Il avait questionné sa grand-mère. Mais celle-ci, impatientée par le chagrin et la fatigue, s'était contentée de lui dire qu'elle ne savait pas.

Tandis qu'avec Yaloum il transportait le corps de Frutok, il se demanda où était le Hak, à présent. À Xibalbà ? Sûrement pas.

Yaloum fut la première à apercevoir le spectacle qui régnait près de l'Arbre cosmique, jusqu'alors masqué à leur vue. Elle se cacha les yeux à l'aide du voile qu'elle portait et laissa échapper un juron qui choqua Pakkal :

– Gucumatz ! Que s'est-il passé ?

Pakkal avança et comprit la stupeur de Yaloum : il y avait eu un véritable carnage au pied de l'Arbre cosmique. Des centaines de cadavres s'entassaient en un amoncellement immonde d'os et de chair. La dernière fois que Pakkal s'était trouvé là[1] , il avait fait la rencontre des tootkook, des membres de la communauté à laquelle appartenait Frutok, chargée de protéger l'Arbre cosmique. Mais contrairement à cette première fois, il n'avait pas eu besoin des Lunes noires pour les voir. Pakkal ignorait si cela était dû au sort que lui avait jeté Ah Puch ou à la présence des rayons du soleil bleu.

– Ils ont été massacrés, dit-il.

Il savait que les tootkook avaient subi

[1]Voir *Pakkal II, À la recherche de l'Arbre cosmique.*

les assauts de Ah Puch et de ses sbires, mais il ignorait à quel point ils avaient été traités cruellement. Les tootkook n'étaient peut-être pas des lumières, mais rien ne justifiait une telle boucherie. Pourquoi Ah Puch ne leur avait-il pas demandé de quitter tout simplement les lieux?

– Par qui ont-ils été tués? demanda Yaloum.

– Par les gens du Monde inférieur, évidemment. Ils ne leur ont laissé aucune chance.

Pakkal entreprit de redescendre la colline, mais il fut arrêté par Yaloum.

– On me dit que les lieux sont protégés. Vous ne pouvez pas y aller.

– Protégés par qui?

Yaloum lui fit signe d'attendre. Pakkal retira la dent de furet de son oreille et enten-dit des centaines de voix de *sak nik nahal*. Les voix parlaient toutes en même temps. Il remit la dent de furet à son lobe d'oreille.

Yaloum levait les mains, comme si elle voulait arrêter quelqu'un qui se dirigeait vers elle. Exaspérée, elle dit:

– Ne parlez pas tous en même temps ! Je ne vous comprends pas.

– Que se passe-t-il ? demanda Pakkal.

– Ils ont éliminé tout le monde. Et ils ont laissé des sentinelles chargées d'empêcher quiconque d'approcher de l'Arbre cosmique.

Pakkal avait beau scruter les lieux, il ne voyait personne.

– Je ne vois pas de sentinelles, il n'y a que des cadavres.

Voyant que tout était immobile en bas, il n'attendit pas l'assentiment de Yaloum. Il dévala la pente et s'approcha des cadavres. Sur certains d'entre eux, il y avait encore de la chair. Plusieurs étaient en position de fuite, ils avaient été pris par surprise et tués sans avoir eu le temps de se défendre.

Pakkal marcha lentement entre les corps, tendant l'oreille au moindre bruit suspect. Il examina les alentours sans voir quoi que ce soit d'alarmant.

Il cria en direction de Yaloum, toujours en haut de la colline :

– Nous pouvons enterrer Frutok. La voie est libre.

L'air terrifié, la Maya pointa son doigt vers le prince et hurla:

– Attention, derrière vous!

. . .

Au premier niveau du Monde inférieur, Zenkà, le guerrier de Kutilon, Pak'Zil, le scribe devenu géant, ainsi que Zipacnà, le dieu des Montagnes, avançaient en hâte. Ils pressèrent encore le pas en entendant les chiens qui semblaient se diriger vers eux. Des jappements de plus en plus enragés se rapprochaient.

– Ils nous poursuivent, dit Zenkà. Nous sommes piégés.

Pak'Zil recula derrière lui. Zipacnà l'imita. Le guerrier interrompit sa marche et demanda :

– Que faites-vous? Vous croyez que je vais pouvoir vous protéger? Vous êtes 100 fois plus grands que moi!

– Je déteste les chiens, dit Pak'Zil. Quand j'étais enfant, je me suis fait mordre. Depuis, les cabots me terrorisent.

– Les chiens d'ici sont différents, dit Zipacnà. Dans le Monde supérieur, ils mordent. Ici, ils déchiquètent.

– Ils ont sûrement manqué d'amour, laissa échapper Pak'Zil. Ou peut-être ont-ils été maltraités.

– Raison de plus pour me protéger, dit Zenkà. S'ils se montrent agressifs, vous n'aurez qu'à lever le pied pour les écraser.

Il déplia la carte du premier niveau de Xibalbà qu'il avait subtilisée à Si'Klo.

– Après ce virage, on retrouve mon corps et on retourne à la maison, dit-il d'un ton résolu.

Il passa sous les jambes des deux géants et grimpa sur un rocher. Pak'Zil passa derrière Zipacnà.

– Toi en premier. Je ne veux pas salir mes sandales. Si tu peux soulever des montagnes, tu peux sûrement venir à bout de deux ou trois chiens.

Le dieu des Montagnes n'eut pas le temps de répliquer. Dans la pénombre, il aperçut un chien. La bête était gigantesque, sa tête atteignait ses propres hanches et celle du deuxième géant. Elle exhibait des crocs jaunâtres pointus d'où s'écoulait une bave visqueuse. Ses grognements se répercutaient sur les rochers, ce qui leur avait fait croire que plusieurs bêtes les cernaient.

– Oh non… fit Pak'Zil.

Zipacnà recula.

– Je ne peux pas l'écraser !

Pak'Zil s'approcha bravement et tendit une main tremblante vers l'animal.

– Doux… Je ne veux pas te faire mal. Je veux être ton ami. Toi, veux-tu être mon ami ?

Le chien fit claquer sa gueule. Pak'Zil avait retiré sa main juste à temps.

– Il te faudra te trouver un autre ami, se moqua Zenkà.

Le Maya de Kutilon n'avait jamais vu un chien aussi énorme. À plusieurs reprises, il avait dû affronter des animaux sauvages. Dans les cas où la défaite était envisageable, il le savait, il valait mieux piler sur son orgueil de guerrier et s'enfuir. Contre ce mastodonte, la retraite était une question de survie : on ne ferait qu'une bouchée de lui !

– Ne le regardez pas dans les yeux, dit Zenkà. Et ne faites aucun mouvement brusque. Il pourrait croire que vous désirez l'attaquer.

Pak'Zil recula d'un pas.

– Il est assez clair que je n'ai pas l'intention de l'attaquer, non ?

Sans regarder Zipacnà, il lui demanda :

– Tu as déjà vu ce genre de bête ici ?

– Jamais.

Le chien jappa. Pak'Zil et Zipacnà tressautèrent. Zenkà chercha une manière efficace de s'enfuir, mais en vain.

De tristes souvenirs lui revinrent en mémoire. Dans son village, les chiens avaient toujours été les amis des Mayas. Jusqu'au jour où, alors qu'il n'était qu'un enfant, Zenkà avait été témoin d'un drame lorsque son plus jeune frère avait été mordu au visage. En entendant les cris du petit garçon, Zenkà avait tenté d'intervenir mais il était arrivé trop tard. Quelques jours plus tard, les plaies du garçon s'étaient infectées et il en était mort. Or, le coupable, c'était le chien de Zenkà, celui que son père lui avait offert pour ses six ans, un chien auquel il était très attaché. Lorsque Zenkà parlait à son chien, il avait l'impression que l'animal le comprenait. Que s'était-il passé pour que cette bête si douce qui lui avait procuré tant de moments de bonheur commette un geste aussi sauvage ? Il n'avait jamais fait montre d'agressivité auparavant. Pourquoi avait-il agi ainsi ? Encore aujourd'hui, Zenkà se demandait ce qui avait pu le rendre aussi furieux contre son jeune frère.

Lorsque le chien géant fit un pas vers lui, Zenkà remarqua le pelage de l'animal. Il ne pouvait pas se tromper : il s'agissait bien des mêmes motifs bigarrés qui ornaient la fourrure de son chien adoré.

– Racine ! cria Zenkà.

Les oreilles du chien se redressèrent. À n'en pas douter, c'était lui ! Un autre souvenir lui revint en mémoire : peu de temps après avoir tué son chien, Zenkà avait fait une série de cauchemars qui représentaient Racine, menaçant, en format géant. Zenkà sauta sur le sol et avança en direction du chien.

– Racine, c'est moi.

Il tendit la main doucement.

– Je suis désolé, poursuivit-il, toujours en avançant. Mais je devais le faire. Tu as tué mon petit frère.

Le chien cessa de grogner. Il renifla la main que Zenkà lui tendait.

– Vous vous connaissez ? demanda Pak'Zil.

– C'est Racine. Mon chien.

Pak'Zil se décrispa.

– Ah ! Quelle belle rencontre ! Mais si j'étais toi, je ferais tout de même attention. Il n'était sûrement pas aussi gros à l'époque.

Zenkà s'était toujours demandé si son chien éprouvait du ressentiment pour ce qu'il avait été forcé de lui faire. Il avait posé la question à Kitù, son grand-père. Le vieil homme lui avait répondu que le chien ne pouvait pas lui en vouloir d'avoir agi pour protéger les gens qui l'entouraient. Mais Zenkà n'en avait jamais été persuadé.

Zenkà regarda Racine dans les yeux. Ceux-ci étaient vitreux et vides d'expression. Il se rappela le dernier regard qu'ils avaient échangé avant que Zenkà n'abaisse sa lance pour le tuer. Celui du chien était chargé d'incompréhension et de pitié.

C'est alors que Zenkà comprit qu'il venait de commettre une erreur. Il s'était laissé envahir par les émotions et avait oublié qu'il était à Xibalbà. Racine lui en voulait. Zenkà le sentait.

Le mastodonte recula, puis prit son élan. Au ralenti, Zenkà le vit se soulever dans les airs et sauter sur lui, la gueule grande ouverte.

••••

Zenkà se jeta par terre et roula plusieurs fois sur lui-même en évitant de justesse la gueule du chien. Pak'Zil tendit les bras, parvint à le repousser, puis se plaça au-dessus de Zenkà pour le protéger.

Racine se redressa et d'un bond, atterrit sur le dos du jeune géant, plantant ses crocs dans l'une de ses épaules. Pak'Zil poussa un cri de douleur. Il tenta de se défaire de son emprise, mais le chien avait les dents bien plantées dans sa chair.

Zipacnà empoigna la gueule du chien et tira de toutes ses forces.

– Non! cria Pak'Zil. Il va m'arracher l'épaule!

Le dieu des Montagnes réussit à introduire ses griffes dans la gueule du chien et tenta de lui ouvrir les mâchoires. Il y parvint assez aisément. Dès que Pak'Zil fut libéré, Zipacnà s'empara du chien et le projeta au bout de la pièce. La bête frappa le mur de pierre et poussa un gémissement.

Pak'Zil se releva, en maugréant. Son épaule le faisait souffrir. On voyait distinctement sur sa peau les traces des crocs.

Le cabot géant se remit sur ses pattes difficilement et reprit une position d'attaque.

– Si tu t'approches, tu vas le regretter, dit Zipacnà.

Le chien n'écouta pas les conseils du dieu des Montagnes. Il se jeta sur lui et attrapa son avant-bras. Zipacnà poussa un hurlement de fureur et, de sa main libre, broya le crâne du chien. Quelques instants plus tard, l'animal lâcha prise et s'effondra.

Zipacnà était enragé. Même si le chien ne bougeait plus, il continuait à s'acharner sur lui. Pak'Zil sentit le besoin d'intervenir:

– Ça va, Zipacnà. Il est mort. Enfin, si je peux m'exprimer ainsi.

Le dieu des Montagnes s'immobilisa, essoufflé. Il examina son avant-bras : les dommages étaient superficiels. Il regarda le jeune scribe et lui dit :

– Un ennemi de moins ! Je me sens mieux.

– Moi, je me sentirai mieux quand nous aurons quitté ces lieux sinistres.

Zenkà jeta un dernier regard sur la fourrure du chien.

– Merci de m'avoir sauvé la vie, dit-il. Il ne faut pas que j'oublie que nous sommes à Xibalbà, un monde où tout est pourri.

Il se tourna vers ses camarades de l'Armée des dons :

– À part vous, évidemment.

– C'est gentil de le remarquer, répondit Pak'Zil.

Alors que le jeune scribe nettoyait ses plaies dans l'eau glacée d'une chute en poussant des cris de douleur, Zenkà s'empara d'une torche de feu bleu pour regarder de nouveau la carte du premier niveau du Monde inférieur. Il la déplia sur le sol. Zipacnà se pencha par-dessus son épaule pendant que Zenkà mettait le doigt sur un point.

– Nous sommes ici. Si je ne fais pas erreur, les corps, avant de se rendre dans la Cuisine, se retrouvent là, sur cet embranchement. C'est ce que le glyphe semble indiquer, non ?

– Oui, oui, c'est là, confirma Zipacnà.

– Très bien. Alors c'est la direction que nous allons prendre. Une fois que j'aurai récupéré mon corps, je tenterai de trouver un lilliterreux qui me permettra de le réintégrer.

– Le *Ooken*, dit Zipacnà.

– Qui ?

– Le *Ooken*, répéta le dieu des Montagnes, c'est le lilliterreux qui permet aux morts de revenir à la vie. Ah Puch l'a longtemps cherché, mais il ne l'a jamais trouvé. C'est un traître.

– Selon la carte, poursuivit Zenkà, il se trouverait là.

– C'est faux, dit Zipacnà. Il a été vu à plusieurs endroits.

– Préoccupons-nous tout d'abord de trouver mon corps. Nous tenterons de mettre la main sur le *Ooken* plus tard.

Pak'Zil se pencha sur la carte.

– Par hasard, est-ce que l'on indique où est la sortie ?

– Il y a plusieurs moyens de réintégrer le Monde intermédiaire quand on n'est pas mort, dit Zipacnà. Je crois qu'il y a une sortie assez proche d'ici.

– Vraiment ?

Pak'Zil s'adressa à Zenkà :

– Tu ne m'en voudras pas, n'est-ce pas ? On m'a dit que ma mère avait rencontré Ix Tab, la déesse du Suicide. Je dois lui sauver la vie.

– Et que comptes-tu faire pour la sauver ? demanda Zenkà.

Pak'Zil, penaud, baissa les yeux.

– Je… Je ne sais pas. Mais je ne peux pas la laisser seule.

Il y eut un silence que Zipacnà brisa en disant :

– Il n'y a rien à faire.

– Que veux-tu dire ? demanda Pak'Zil.

– Ta mère s'est déjà enlevé la vie.

– Non, sûrement pas. C'était une femme joyeuse et forte. Elle résiste encore, j'en suis persuadé.

Zipacnà préféra se taire en fixant le sol.

La douleur que Pak'Zil éprouvait à l'épaule avait disparu comme par enchantement. À présent, il n'avait plus que sa mère en tête. Il regarda Zenkà :

– Et toi, qu'est-ce que tu en penses ?

Zenkà, désarçonné, répondit :

– Je ne sais pas. Zipacnà semble sûr de lui. S'il dit que ta mère est perdue…

Zenkà trouva l'expression trop dure et décida de se reprendre.

– S'il dit que ta mère est… condamnée…

S'il voulait paraître moins blessant, c'était raté !

– Et s'il y avait encore un espoir ? Aussi mince soit-il, je ne peux pas le laisser passer !

Zenkà regarda Zipacnà.

– Il n'y a pas d'espoir, affirma le dieu des Montagnes, qui n'osait toujours pas regarder le jeune scribe dans les yeux. Ix Tab est impitoyable.

Pak'Zil recula de quelques pas et alla s'asseoir dans un coin, les genoux serrés sur la poitrine. Puis il commença à sangloter.

Zenkà et Zipacnà, mal à l'aise, continuèrent à examiner la carte. Ils furent interrompus par un cri long et perçant qui les fit sursauter tous les deux. Ils se tournèrent vers Pak'Zil.

– Désolé, il fallait que ça sorte, dit le jeune scribe. Je déteste ces lieux. Je déteste Ix Tab, je déteste Ah Puch. Je veux partir d'ici le plus vite possible.

Il se leva et avança dans un des tunnels, sans savoir s'il allait dans la bonne direction.

———

Lorsque Pakkal se retourna, il vit un des squelettes de tootkook qui s'était relevé et se dirigeait vers lui. Pakkal crut, même si l'individu était mal en point, qu'il était un survivant de l'hécatombe. Ses deux jambes étaient dépourvues de chair et il avait un trou dans le ventre. De plus, sa tête bringuebalait, retenue seulement par quelques nerfs. Le tootkook s'aidait d'une branche pour marcher et traînait péniblement l'une de ses jambes. L'idée qu'il fut encore vivant malgré cet évident dépérissement du corps était effrayante.

– Bonjour, dit Pakkal. Comment êtes-vous...

Pakkal n'eut pas le temps de terminer sa question. Il reçut un coup de poing en plein torse qui le plia en deux et le fit tomber à genoux. Il en eut le souffle coupé.

Rempli d'horreur, le prince vit la main qui l'avait frappé se détacher de l'avant-bras du tootkook. Celui-ci la considéra quelques instants, comme si elle ne lui appartenait pas. Puis il se pencha pour la ramasser et tenta de la remettre en place. La main tomba de nouveau sur le sol. Le tootkook refit les mêmes gestes et tenta de la recoller, cette fois avec succès.

Pakkal en profita pour se remettre sur ses jambes. Le coup avait été si violent qu'il avait déchiré son plastron. Le tootkook l'avait frappé en plein estomac et, pendant de longs instants, le prince avait cru qu'il ne pourrait plus jamais reprendre son souffle.

Pendant qu'il essayait de replacer son vêtement, il entendit des sons qui ressemblaient à des grognements. Puis avec brutalité, il sentit ses jambes se dérober sous lui.

Le tootkook était sur ses épaules. Des gargouillements inintelligibles sortaient de sa bouche. Pakkal retira le bandeau qui lui protégeait le dessus de la tête et dit :

– Je suis K'inich Janaab Pakkal, je viens de Palenque et je...

Le tootkook ne laissa pas le prince terminer. Avec la branche qui lui servait de canne, il lui asséna des coups sur la tête tout en continuant à pousser des grognements incompréhensibles. Pakkal se protégea du mieux qu'il le put. Il devait se retirer rapidement. Il effectua une roulade mais, lorsqu'il se releva, un autre tootkook se trouvait devant lui. La cage thoracique de celui-là était déchirée et il n'avait plus de mâchoire inférieure. De ses mains valides, le tootkook attrapa la gorge du prince et serra. Pakkal lui donna un coup de pied sur un genou, qui se brisa en deux. Le tootkook perdit l'équilibre et tomba en entraînant Pakkal dans sa chute. Le prince se releva immédiatement.

Il vit qu'il était maintenant entouré de tootkook, aussi mal en point les uns que les autres. Tous avaient l'air hostiles et ne semblaient nullement apprécier sa présence

– Je suis le prince de Palenque. Vous souvenez-vous de moi ? Je suis parti avec Frutok, l'un des vôtres...

Un tootkook le saisit par le bras et Pakkal essaya de se dégager. Mais un autre tootkook s'empara de son autre bras et le retint fermement. Puis ce fut au tour de ses jambes. Pakkal se démena vigoureusement pour se libérer, mais il n'y parvint pas. Il songea alors à Yaloum. Pourquoi ne lui était-elle pas venue en aide ? Il la chercha des yeux, fixant le sommet de la colline. Elle n'était plus là.

Des tootkook lui lièrent les mains et les pieds avec de la corde rugueuse qui lui déchirait la peau. Ils étaient à présent des centaines autour de lui. Certains n'avaient plus de jambes et se traînaient sur leurs mains auxquelles il manquait des doigts. D'autres, toujours étendus sur le sol, semblaient chercher à ressouder leurs membres.

Pakkal en vit un qui s'approchait, horrible, qui avait deux têtes. Il reconnut Dirokzat, le chef.

– Je suis des vôtres, lui dit Pakkal. Je suis un Hak. Me reconnaissez-vous ?

Il leva un pied dans sa direction pour lui montrer ses six orteils et poursuivit :

– Tout comme vous, je suis différent des autres Mayas. Je ne vous veux aucun mal. Il me faut accéder à l'Arbre cosmique, Buluc Chabtan est là-haut et il...

Dirokzat interrompit Pakkal en appuyant la main sur sa bouche. Il enchaîna de sa voix dédoublée qui émanait de ses deux bouches :

– Il est dit que les inconnus qui s'approcheront de l'Arbre cosmique seront exécutés sur-le-champ. Si nous n'obéissons pas à cet ordre, nous serons punis. C'est ainsi que le seigneur Ah Puch a parlé. C'est ainsi que nous l'honorons.

– Un instant, fit Pakkal. Je suis le prince de Palenque et nous nous sommes déjà rencontrés. J'étais en compagnie d'un ami, Zenkà, guerrier à Kutilon. Je ne suis pas un inconnu.

Mais Dirokzat fit comme s'il n'avait rien entendu, il continua:

– Il est dit que la mort doit être la plus brutale possible. Les membres arrachés pourront être récupérés et distribués aux tootkook qui en ont le plus grand besoin. Remercions le seigneur Ah Puch pour sa grande générosité!

Ses congénères poussèrent des cris d'acclamation.

Pakkal voyait bien que les tootkook étaient subjugués : ils étaient entièrement sous son emprise. Même si Pakkal passait la journée à essayer de les convaincre qu'il ne leur voulait aucun mal, il n'y arriverait pas. Il lui fallait réagir maintenant et vite !

Pakkal serra les poings et implora les guêpes de venir à son secours. Il demanda à toutes celles qui recevaient son message d'intervenir immédiatement. Lorsqu'il ouvrit les yeux, il en vit quelques-unes qui tournoyaient autour des tootkook sans qu'ils en soient importunés. Elles volaient de manière erratique, comme si on venait de les assommer. Il comprit ce qui se passait. Toutes les guêpes qui s'attardaient dans un rayon bleu du soleil tombaient au sol, raides mortes. Pakkal n'osait imaginer ce que subissaient les autres bêtes de la forêt. Un véritable carnage était en train de se produire.

– Il ne faut pas écouter Ah Puch, dit Pakkal. Il veut détruire la Quatrième Création et s'il y parvient, vous y passerez tous puisque vous en faites partie.

Au moment où il finissait sa phrase, une lourde branche se détacha de l'Arbre cosmique et vint atterrir aux pieds du prince, heurtant plusieurs tootkook à la tête. Ceux qui ne furent pas assommés furent pris de panique.

Pakkal se dit que c'était le moment de s'enfuir. Il tira sur ses liens et sentit qu'ils étaient usés. Il serait possible de les détacher s'il parvenait à mettre la main sur un objet tranchant. Il visa son couteau d'obsidienne sur sa hanche, tendit le bras et étira son corps au maximum pour atteindre le fourreau. Il pointa les doigts et parvint à toucher le manche, puis à s'emparer du couteau.

•

Le jeune scribe, las d'être dans ces lieux fétides, troublé à l'idée que sa mère se soit suicidée, avançait dans le but d'atteindre le Monde intermédiaire sans savoir où il allait. Il se disait qu'il finirait bien par trouver la sortie. Hélas, ce n'était pas si simple !

– Pak'Zil, hurla Zenkà. Tu ne vas pas dans la bonne direction.

– M'en fous, répondit Pak'Zil. Je veux sortir d'ici le plus rapidement possible. Au moins, contrairement à vous, moi, j'avance.

Mais il dut s'interrompre en apercevant une ombre bouger. Il recula d'un pas sans s'avouer qu'il avait peur. Il discerna dans la pénombre une bête qu'il n'avait jamais vue auparavant. Guère plus grosse qu'un tapir, elle avait une tête triangulaire et traînait une longue queue derrière elle. Pak'Zil sentit une sourde frayeur grandir en lui et fit des efforts incommensurables pour se contrôler. Le faux tapir n'était pas menaçant pour l'instant. Il semblait même… domesticable. Oui. Avec de la patience, Pak'Zil pourrait probablement l'entraîner comme un chien. Peut-être même pourraient-ils devenir des amis…

Le jeune scribe se souvint tout à coup qu'il était devenu un géant après qu'il eut mangé de la gomme Nic Te' malgré l'interdiction qu'il avait reçue. S'il était menacé, il pourrait écraser la bestiole sous un seul de ses orteils!

L'animal bougea, ce qui fit sursauter Pak'Zil. Il le voyait un peu mieux. Ses pattes avant étaient plus courtes que celles de derrière et son corps était dépourvu de poils.

Dès qu'il fit un pas dans sa direction, le faux tapir fit un bond et poussa un chuintement qui fit perdre toute contenance à Pak'Zil. Il poussa un cri aigu et retraita.

– Je... Je crois que j'ai vu un monstre! fit-il en rejoignant Zenkà et Zipacnà.

– Il n'y a que ça, ici, des monstres, répondit le guerrier de Kutilon.

– Il avait l'air vraiment menaçant.

Pak'Zil se retourna et vit que l'animal continuait à le suivre.

– Il est là! cria-t-il en se réfugiant derrière Zipacnà.

La créature se faufila entre les jambes du jeune scribe et du dieu des Montagnes, qui parvint à l'attraper par la queue. Il la souleva. Offusquée, elle se tortilla et cracha.

– C'est ça qui t'effrayait? demanda Zenkà.

– Elle est horrible! Regarde-la. Elle est prête à attaquer et à nous déchiqueter avec ses dents!

Zipacnà ricana, ouvrit la gueule et engloutit la bête en la mastiquant longuement. Puis il fit surgir d'entre deux de ses dents pointues la longue queue qui y était restée coincée. Il la tendit à Pak'Zil :

– Tu veux goûter?

– Pouah! C'est dégoûtant! fit le scribe en se détournant avec un air de dédain.

Zipacnà se débarrassa de la queue.

– Tu avais vraiment peur de ça? demanda Zenkà.

Pak'Zil prit un air fâché :

– Je ne veux plus en entendre parler. Je veux m'en aller et ne plus jamais revoir cet endroit.

– Lorsque l'heure de ta mort sera venue, c'est pourtant ici que tu vas te retrouver, affirma Zenkà.

– Après ce que j'ai vécu, je n'ai plus l'intention de mourir! Crois-moi!

Zenkà sauta sur la main de Zipacnà et s'installa sur son épaule. Il tenait la carte dépliée devant lui. Il devait retrouver son corps, puis le ramener au lilliterreux et enfin réintégrer le Monde intermédiaire. De l'index, il pointa droit devant lui.

– Si je me fie à la carte, c'est par là.

Les trois membres de l'Armée des dons prirent cette direction. Ils ne furent pas contrariés. Ils aperçurent de nombreuses bestioles que Zenkà et Pak'Zil n'avaient jamais vues auparavant, toutes pleines de hargne. Certaines avaient des ailes, d'autres des pattes griffues. Aucune ne semblait heureuse de les voir, ce qui fit dire à Pak'Zil, dans un moment de stupéfiante lucidité, qu'il ne se sentait pas le bienvenu à Xibalbà.

– Ils sont tous si agressifs. Pourtant, on ne leur a rien fait!

Zipacnà, pour sa part, semblait ravi de trouver sur sa route ces bêtes hostiles qu'il dégustait avec des gloussements de plaisir.

Le terrain sur lequel ils avançaient était spongieux et gorgé d'un liquide chaud qui dégageait une odeur épouvantable. Trois fois, Pak'Zil s'était arrêté, pris de nausées.

– Ne t'en fait pas, tu vas t'y habituer, fit Zenkà, comme pour le rassurer.

À plusieurs reprises, ils furent environnés par des hordes de chauve-souris que leur passage avait dérangé dans leur sommeil. Comme pour l'éprouver, deux d'entre elles vinrent atterrir dans les cheveux du jeune scribe.

– Je déteste cet endroit! cria-t-il en tentant de retirer les bêtes.

Les murs suintaient d'humidité et dégageaient une forte odeur d'excréments, ce qui rappela un désagréable incident à Pak'Zil. Plus jeune, il était tombé dans les latrines de la cité de Toninà après avoir échoué lamentablement en tentant de sauter par-dessus la fosse d'aisance. C'est son père, Zolok, qui l'avait secouru. Malgré l'odeur pestilentielle que son fils dégageait, l'homme n'avait pu s'empêcher de rire de sa maladresse. Pendant plusieurs jours, Pak'Zil avait eu l'impression qu'il allait sentir mauvais le reste de sa vie.

Les trois compagnons croisèrent plusieurs êtres qui ne firent aucun cas de leur présence, ce qui fit dire à Zenkà qu'ils approchaient de leur destination. Celui-ci songea que le meilleur moyen de retrouver son corps était de se rendre à l'endroit où tous les corps étaient rassemblés avant qu'on les amène à la Cuisine, là où ils étaient apprêtés avant de servir de repas aux dieux du Monde inférieur.

Après avoir suivi un long corridor éclairé par des torches de feu bleu, les trois membres de l'Armée des dons pénétrèrent dans une vaste salle.

– Par Itzamnà ! jura Pak'Zil.

L'étonnement du jeune scribe fut partagé par Zenkà. Devant eux se tenaient trois montagnes remplies de cadavres aussi hautes que les deux géants. On aurait dit une gigantesque fourmilière, car des centaines de personnes y faisaient des allers-retours, transportant les cadavres comme ils le pouvaient. Certains les traînaient sur le sol, d'autres les portaient sur leurs épaules. Les cadavres plus gros nécessitaient quatre personnes pour les transporter. Tous ces porteurs manquaient d'entrain : ils avaient les épaules voûtées et semblaient épuisés par leur tâche.

L'un d'entre eux, plus costaud que les autres, était chargé de lancer les corps au sommet des monticules. Pour Zenkà, c'était un géant. Mais pour Zipacnà et Pak'Zil, il était petit : la moitié moins grand que l'étaient les deux géants.

– Alors c'est dans ces trois amoncellements de cadavres que ton corps se cache ? demanda Pak'Zil.

– Peut-être, fit Zenkà.

Pak'Zil le regarda, étonné.

– Tu n'en es pas sûr ?

– Non, fit le guerrier de Kutilon. Parce que des salles comme celle-là, si je me fie à cette carte, il y en a plus d'une centaine !

..

Le prince de Palenque devait faire vite : plusieurs tootkook se relevaient en le fixant d'un air menaçant. Il glissa prestement la lame de son couteau d'obsidienne sous ses liens pour les couper et parvint à dégager sa main gauche. Tout en surveillant les tootkook, il prit fermement le couteau de sa main libre et coupa les autres liens de sa main droite et ceux de ses pieds.

Les tootkook semblaient désorientés, ce qui lui permit de se détacher entièrement. Enfin, il était libre !

Il fonça droit devant lui, résolu à s'élancer au-dessus de la branche qui venait de s'écraser au sol. Mais alors qu'il s'apprêtait à sauter, il sentit qu'on le retenait par la cheville et s'étendit de tout son long sur le sol.

Un tootkook particulièrement horrible et muni de trois bouches se tenait au-dessus de lui, un morceau de bois entre les mains. D'un geste brusque, la vilaine créature le lui enfonça dans le ventre. Pakkal se recroquevilla de douleur, essayant de reprendre son souffle.

Mais les quatre tootkook qui survinrent s'emparèrent de ses quatre membres et le traînèrent un peu plus loin. Pakkal, maintenant encerclé, vit apparaître Dirokzat.

– Que la torture commence immédiatement ! ordonna le chef.

– Attendez ! fit Pakkal.

Mais les tootkook, obéissant à leur chef, commencèrent à tirer sur ses jambes et ses bras dans la direction des quatre points cardinaux ! Ils voulaient le démembrer !

Le prince sentit alors en lui que son double malveillant, Chini'k Nabaaj, son Hunab Ku, désirait s'exprimer. Il lui céda toute la place sans hésitation.

Chini'k Nabaaj parvint à reprendre le contrôle de la situation. Il réussit à rapprocher ses bras et ses jambes, au grand dam des tootkook qui continuaient à tirer de toutes leurs forces. Mais le double de Pakkal, dans un mouvement que nul n'aurait pu prévoir, ramena ses bras et ses jambes le long de son corps avec une violence qui envoya valser les quatre tootkook loin de lui.

Chini'k Nabaaj se releva.

– À qui le tour ? demanda-t-il en adressant un sourire narquois à ceux qui l'entouraient.

Tous se ruèrent sur lui. Chini'k Nabaaj, empli d'une grande fureur, ne leur laissa aucune chance. Malgré leur nombre, aucun ne parvint à le maîtriser ou à éviter ses gestes. Le double de Pakkal leur arrachait les jambes ou les bras, qui se détachaient aussi facilement que des feuilles sous l'effet d'un vent d'automne.

Nullement ennuyés par ces pertes auxquelles ils semblaient habitués, les tootkook se jetaient sur les bras et les jambes qu'ils trouvaient par terre sans se soucier de savoir si ceux qu'ils ramassaient étaient en bon état ou s'ils leur appartenaient.

C'était l'anarchie. Plusieurs se disputaient leurs membres tandis que d'autres s'acharnaient sur Chini'k Nabaaj. Dirokzat donnait des ordres, mais personne ne l'écoutait.

Chini'k Nabaaj en avait plein les bras et les tootkook parvinrent à lui faire perdre pied. Le dos au sol, il se défendit de son mieux jusqu'à ce qu'il sente moins d'attaques de la part de ses assaillants.

Il comprit ce qui se passait : tous les yeux des tootkook s'étaient tournés vers le sommet de la montagne qu'ils fixaient avec intensité. Le double ténébreux du prince, décontenancé, se releva. Ce qu'il vit l'étonna.

Frutok le Hak se tenait en haut de la montagne et tendait le poing. Chini'k Nabaaj vit qu'il lui manquait toujours le bras qu'un emperator avait sectionné. Dirokzat, qui s'était tu en l'apercevant, s'allongea sur le sol en signe de respect, aussitôt imité par les tootkook.

Chini'k Nabaaj avait cédé la place à K'inich Janaab. Pakkal regarda Frutok avec fascination. Le Hak bougeait, il était vivant! Comment Yaloum était-elle parvenue à l'enterrer? Quels moyens avait-elle utilisés?

– Dirokzat! hurla Frutok.

La voix du Hak était forte mais enrouée.

Le chef des tootkook se releva, ses deux têtes toujours baissées en signe de respect. Il avança d'un pas pendant que ses congénères restaient immobiles.

– Que se passe-t-il? demanda Frutok.

– Nous protégeons l'Arbre cosmique, répondit Dirokzat, nous obéissons aux ordres du seigneur Ah Puch.

– Pakkal n'est pas un ennemi. Pourquoi l'avez-vous attaqué?

– Seigneur Ah Puch nous a ordonné d'éliminer tout ceux qui s'approchent de l'Arbre cosmique et qui ne sont pas des tootkook. Il nous a autorisé à arracher leurs membres et à nous en servir.

Pakkal, en prenant soin de ne toucher aucun tootkook en marchant, gravit la montagne et s'avança vers Frutok. Une fois à ses côtés, il se rendit compte que le Hak n'était pas dans son état habituel. Ses 16 yeux n'étaient pas coordonnés et ses mouvements manquaient de tonus. Son corps était légèrement tordu, comme s'il était maintenu debout par des cordes. Et, plus étrange encore, lorsque Pakkal était passé devant lui, le Hak n'avait eu aucune réaction, comme s'il ne l'avait pas vu.

Yaloum apparut derrière Pakkal et posa une main sur son épaule. Par réflexe, Pakkal dégaina son couteau d'obsidienne. Yaloum recula et lui fit signe de se taire.

– Pourquoi vous battez-vous entre frères ? demanda Frutok à Dirokzat. Est-ce un comportement digne d'un tootkook ?

– Non, je l'admets. Mais les membres sont si rares que plusieurs feraient n'importe quoi pour s'en procurer.

– C'est Ah Puch qui vous a jeté ce sort. C'est lui qui est responsable de votre état lamentable. Où est passé le code d'honneur auquel nous tenions tant ? Celui qui nous empêchait d'envier notre prochain ? N'avons-nous pas assez souffert de notre différence ?

Les deux têtes de Dirokzat se relevèrent quelque peu. Il observa Frutok.

– Puisque vous êtes le dernier survivant, dit-il, vous êtes notre sauveur. Vous savez peut-être comment faire pour nous redonner notre état originel ? Si quelqu'un parvient à grimper au sommet de l'Arbre cosmique, peu importe de qui il s'agit, seigneur Ah Puch a dit que nous allions tous subir ses foudres.

– Est-ce que ce pourrait être pire que l'état dans lequel vous êtes présentement ?

– Non, murmura le chef des tootkook en baissant ses deux têtes.

– Nous trouverons une solution, dit Frutok. Entre-temps, je vous demande de m'aider à creuser une fosse au pied de l'Arbre cosmique.

Pakkal se tourna vers Yaloum. Une fosse ? Mais pourquoi ? N'est-il pas déjà ressuscité ?

La femme, constatant son désarroi, lui fit signe encore une fois de se taire.

Retrouver le corps de Zenkà paraissait à Pak'Zil une tâche insurmontable. Bien qu'il n'eût pas pris le temps de compter les cadavres entassés sur les monticules, il se dit qu'il devait y en avoir au moins un millier sur chacun. Et si la carte disait vrai, il y avait encore une centaine de salles semblables!

– C'est fou comme les gens meurent en ce moment! dit Pak'Zil.

– En effet. Et ceux qui sont là sont seulement ceux qui ont été déterrés, ajouta Zenkà.

– Nous ne pourrons jamais retrouver ton corps dans ce salmigondis, dit Pak'Zil. Il y en a trop.

Zenkà fit signe à Zipacnà qu'il désirait descendre. Lorsqu'il mit pied à terre, il leur dit :

– Moi, je crois que c'est possible.

L'individu chargé de lancer les cadavres en haut des monticules fut attiré par le petit groupe de l'Armée des dons. Il était chauve et nu, à part un pagne qui lui couvrait les hanches. Son corps était recouvert d'une croûte jaunâtre et son front ruisselait de sueur. Ses ongles très longs lui servaient à soulever les cadavres.

– Vous croyez qu'il voudra être notre ami ? demanda Pak'Zil en l'observant.

– C'est un Nohoch, dit Zipacnà. Il ne nous fera aucun mal si nous évitons de toucher à ses cadavres.

– C'est justement ce que j'avais l'intention de faire, dit Zenkà.

Le Nohoch continuait à les examiner. Il prit un des corps qu'on venait de lui apporter, un homme âgé, et croqua dedans.

– Il se nourrit bien, en tout cas, dit Pak'Zil sans rire. Ce qui explique probablement l'éclat de sa peau.

Zenkà et Zipacnà froncèrent les sourcils.

– C'était une blague, fit Pak'Zil.

– J'ai un plan, ajouta Zenkà. Pendant que Zipacnà et moi tenterons de faire diversion, toi, Pak'Zil, tu iras faire le tri des cadavres.

Le jeune scribe protesta :

– Moi ? Pourquoi moi ? Pourquoi ne suis-je pas plutôt chargé de distraire ce croque-mort !

– Zipacnà est le plus fort. Si le Nohoch nous attaque, c'est lui qui saura nous défendre. Moi, je suis trop petit.

Le jeune scribe pointa un des monticules.

– Ce sont des « cadavres » ! Ce sont des « corps morts » !

– Tu as un excellent sens de l'observation, jeune homme, fit Zenkà. Alors tu sais à quoi je ressemble, n'est-ce pas ? Trouve mon corps.

– Dans ma cité, poursuivit Pak'Zil, on affirme que lorsqu'on touche au cadavre d'un inconnu, on risque de mourir prématurément et de…

Zenkà le coupa :

– Si tu meurs ici, au moins, tu seras près de ta sépulture.

Zenkà et Zipacnà approchèrent du Nohoch et laissèrent en plan Pak'Zil et ses angoisses. Le jeune scribe ajouta :

– Attendez ! Je n'ai pas terminé !

Tout en continuant de marcher, Zenkà insista :

– Dépêche-toi. N'oublie pas qu'il y a une centaine de salles comme celle-là.

Le Nohoch ne fut pas difficile à distraire. La première idée de Zenkà fut la bonne : il se mit à courir autour du colosse en poussant des sons étranges qui le firent rire. Le Nohoch tenta de l'attraper mais, comme il était lourdaud, le guerrier de Kutilon parvenait à l'éviter.

– Je déteste cet endroit ! maugréa Pak'Zil.

Tout en reluquant le Nohoch du coin de l'œil, il avança vers le plus proche monticule.

– Je ne peux pas croire que je vais mettre mes mains là-dedans.

Et cette odeur qui se faisait de plus en plus nauséabonde était horrible ! Du monticule émanaient des effluves si repoussants que ses yeux s'humectèrent de larmes. En comparaison, sa saucette dans les latrines de Toninà avait été une partie de plaisir.

Il souleva dédaigneusement un premier

corps. Il était rigide. C'était celui d'un jeune homme qui avait une profonde blessure au cou. Ce n'était pas Zenkà. Il le déposa lentement.

Du bout du pied, il en remua quelques-uns, tout en surveillant le Nohoch qui s'amusait toujours avec Zenkà. Celui-ci s'interrompit pour lui dire:

– Dépêche-toi!

– Je me dépêche, marmonna le jeune scribe. Si tu crois que je m'amuse...

Il détourna la tête. Mais l'odeur était si insupportable qu'il se dit qu'il ne pourrait pas continuer dans ces conditions. Il déchira un pan de sa tunique, déjà passablement abîmée par leurs pérégrinations, pour s'en faire des bouchons qu'il enfonça dans ses narines. Ils allaient l'empêcher de sentir l'épouvantable parfum de la mort. Ça l'écœurait tout de même de penser que cette odeur entrait dans sa bouche lorsqu'il respirait.

Avec délicatesse, il souleva un corps après l'autre et les observa. Aucun ne ressemblait à Zenkà.

– Plus vite! cria Zenkà, passablement essoufflé.

– Facile à dire ! marmonna Pak'Zil.

C'est alors que surgissant du monticule, il crut voir un bras se lever. Le jeune scribe ferma les yeux, puis les rouvrit, voulant vérifier s'il était victime d'une hallucination. Les morts ne bougent pas, se dit-il. Dans le Monde intermédiaire, non. Mais ils étaient à Xibalbà…

Pak'Zil mit le corps dans le creux de sa main et l'approcha de ses yeux. Il posa son énorme doigt sur son ventre. Aucune réaction. Il était bel et bien mort.

Alors qu'il allait le reposer sur le sol, il vit les yeux du cadavre s'ouvrir et ses lèvres remuer. Pak'Zil ne put s'empêcher de pousser un cri long et aigu. Il mit le corps sur le sol et recula.

Le Nohoch se retourna et aperçut Pak'Zil qui était tout près des cadavres. Zenkà fit de grands gestes en tentant d'attirer son attention :

– Regarde ici ! Oui, ici ! Vois comme je suis drôle !

Mais le colosse chauve ne désirait plus s'amuser avec le guerrier de Kutilon. Quelqu'un s'était approché des cadavres, de ses cadavres. Son visage devint furieux.

– Zipacnà! cria Zenkà.

Le Nohoch, malgré ses airs lourdauds, bondit en direction de Pak'Zil. Le dieu des Montagnes ne réagit pas à temps.

La tête du Nohoch s'enfonça dans le ventre de Pak'Zil. Il en eut le souffle coupé et se plia en deux. Le Nohoch s'agrippa à ses cheveux.

Zipacnà s'empara du colosse, lequel tenait toujours le jeune scribe par les cheveux.

– Ne tire pas! supplia Pak'Zil.

Mais Zipacnà ne fit aucun cas de sa requête. Il tira d'un coup sec. Pak'Zil poussa un autre cri et le Nohoch se ramassa avec une touffe de cheveux dans chacune de ses mains.

Comprenant qu'il ne pouvait échapper à la poigne du dieu des Montagnes, le Nohoch émit un bruit long et grave venu du fond de sa gorge. Lorsque Zipacnà tenta de le faire taire en posant une main sur sa bouche, il fut mordu. Il relâcha le colosse et prit les jambes à son cou.

– Fuyons, dit Zipacnà. Il vient de donner l'alerte.

····

Alors que les tootkook s'affairaient à creuser un trou au pied de l'Arbre cosmique, Pakkal demanda des explications à Yaloum.

– Votre ami est toujours mort, lui répondit-elle. Ce sont les *sak nik nahal* qui lui ont redonné vie temporairement.

Le prince observa de nouveau Frutok dont les yeux étaient mi-clos.

– Et ils sont combien là-dedans ?

– Une centaine, je crois. Il en faut plusieurs pour réanimer un corps.

– Et ce qu'il a dit à leur chef, c'est crédible ? Est-ce que ça signifie que…

Yaloum devina la question qu'il allait lui poser.

– Oui, le *sak nik nahal* de votre ami est aussi là-dedans.

– Je… Je peux lui parler ?

– Qu'est-ce qui pourrait vous en empêcher ?

Pakkal se plaça devant le corps du Hak dont la bouche était tordue.

– Frutok ? Tu m'entends ?

La bouche s'ouvrit et dit :

– Je suis mort, mais je ne suis pas sourd.

Pakkal fut heureux de constater que Frutok, même mort, ne perdait pas son sens de l'humour.

– Et... comment vas-tu ?

– Ça ira mieux lorsque j'aurai retrouvé mon corps.

– Nous te délivrerons bientôt. Dis-moi comment c'est ?

Une des 16 paupières de Frutok cligna, mais son œil ne bougea pas.

– Il fait froid. Et il y a beaucoup de gens étranges, ici.

– Je te rappelle que tu as 16 yeux, dit Pakkal. Et une queue au bout de laquelle il y a un poing.

– Merci de me le rappeler. Ici, certains rient, d'autres pleurent, d'autres crient sans raison.

Il y en a des gentils, d'autres qui sont agressifs et qui aimeraient me tuer une deuxième fois. Les gens sont confus et troublés.

– On le serait à moins, dit le prince.

– Avant que je devienne fou moi aussi, je veux retrouver mon corps.

Pakkal demanda à Yaloum :

– Pourquoi certains *sak nik nahal* sont-ils toujours dans le Monde intermédiaire alors que d'autres se retrouvent directement à Xibalbà ?

– Ce n'est pas clair, répondit Yaloum. Certains ignorent qu'ils ont perdu la vie. D'autres se rebellent ou s'entêtent dans leurs croyances. Plusieurs sont déçus d'être morts. Ils ont l'impression que leur vie a été interrompue trop tôt et ils sont frustrés.

– Si je retrouve un jour le malpropre qui m'a tué, je vais le lui faire payer au centuple, dit Frutok dont le visage impassible contredisait ses propos. Je ne lui donnerai même pas la chance de comprendre ce qui se passe. Il aura de la chance.

– Celui qui t'a tué est un emperator et ils sont des milliers.

Le poing qu'il avait au bout de la queue se leva dans les airs.

– Alors je les ferai tous payer ! Un par un, ou tous en même temps !

– Nous verrons ça plus tard, dit Pakkal. Pour l'instant, nous devons te tirer de là.

– Il faudra aussi faire quelque chose pour mes amis les tootkook, ajouta Frutok.

Pakkal se retourna. Les mainzieux, chargés de protéger l'Arbre cosmique, malgré leurs sévères handicaps, continuaient à creuser une fosse comme leur avait demandé Frutok.

– Nous trouverons une solution, dit Pakkal. Oui, nous en trouverons une, répéta-t-il, comme pour s'en convaincre.

Ah Puch avait plongé les tootkook dans un état ignoble de déchéance physique, sa cruauté semblait sans limites. Pakkal se demanda comment il s'y prendrait pour leur faire retrouver leur apparence initiale. Il avait pitié d'eux. Qu'avait donc prévu le seigneur de la Mort comme châtiment des tootkook si quelqu'un parvenait à grimper dans l'Arbre cosmique ?

Le prince vit une autre branche s'écraser sur le sol, loin des tootkook, cependant. Il s'assura qu'une autre n'allait pas bientôt se détacher et lui fracasser le crâne. Lorsque la voie lui sembla libre, il avança vers l'Arbre cosmique.

Il prit quelques instants pour observer l'immense feuillu. Il était extraordinairement majestueux. Il posa une main sur l'écorce. Elle était molle, comme si on l'avait imbibée d'eau. Il l'effleura et un gros morceau se détacha du tronc. Il eut une pensée pour son père, Tuzumab. Longtemps auparavant, avant qu'on ne le chasse de la cité, lorsque son père et lui avaient des moments de loisir, ils partaient se promener dans la Forêt rieuse et observaient les arbres. Les plus faibles, les plus mal en point étaient les premiers à être abattus. On utilisait leur bois pour construire des huttes ou pour alimenter des feux, entre autres.

Même un regard moins expérimenté que celui du prince aurait pu constater que l'Arbre cosmique était malade. Son père n'aurait pas hésité un instant à le faire abattre. Pakkal laissa son esprit vagabonder : où donc son père était-il en ce moment ? Était-il en sécurité ? Pakkal allait-il le revoir un jour ? Il l'espérait vivement.

Il se força à concentrer son attention sur l'Arbre cosmique. « Un problème à la fois », se dit-il.

Il laissa son regard errer sur le tronc. Combien de temps pouvait prendre l'ascension d'un arbre comme celui-là ? Des jours sans doute, se dit-il. Il avait déjà escaladé de grands végétaux, mais aucun de cette taille impressionnante !

Il mit une main sur une nodosité de l'arbre et prit son élan. Mais dès qu'il crut prendre pied, le nodule céda. Pakkal le ramassa et vit qu'il était pourri, froid et humide. L'Arbre cosmique se décomposait à vue d'œil.

Comment allait-il se rendre dans le Monde supérieur ? Mais avant, il fallait absolument trouver un moyen de sauver l'Arbre cosmique.

Pakkal essaya une autre fois de s'agripper à l'arbre, sans succès. Il fit quelques tentatives jusqu'à ce qu'il parvienne enfin à se cramponner au tronc, ses pieds ne touchant plus le sol. Alors qu'il se trouvait parfaitement ridicule, la poitrine et la joue collées à l'écorce, le corps à quelques centimètres du sol, il entendit Yaloum l'appeler.

Elle apparut et s'arrêta net lorsqu'elle vit la position que le prince avait adoptée.

– Prince Pakkal ? Que faites-vous ?

Pakkal se laissa tomber sur la terre ferme et gêné, dit :

– Je m'entraînais.

– Vraiment ?

Elle fit une pause pendant que son regard étonné allait et venait du prince à l'arbre. Puis elle dit :

– Venez vite, il se passe quelque chose d'étrange avec les tootkook.

===

Zenkà sauta sur la main tendue de Zipacnà. En colère, il admonesta Pak'Zil :

– Je t'avais demandé d'être le plus silencieux possible, pas le contraire !

– Je sais, je sais, dit Pak'Zil.

– Est-ce que tu avais besoin de crier

comme une fille pour alerter le Nohoch ?

– Je n'ai pas crié comme une fille ! protesta le scribe.

Les trois membres de l'Armée des dons s'enfonçaient dans les corridors du premier niveau de Xibalbà sans trop savoir où ils allaient. Zenkà tenta de consulter la carte, mais il n'arrivait pas à garder l'équilibre.

Ils coururent quelque temps. Pak'Zil chuta à trois reprises en raison du sol gluant. Lorsqu'ils découvrirent une large anfractuosité dans le rocher, ils s'y arrêtèrent pour se reposer.

Le scribe n'attendit pas de reprendre son souffle pour dire :

– Il était… vivant.

– Qui ? demanda Zenkà.

– Le corps. Il était… vivant. Il… bougeait. Je l'ai même entendu marmonner. Sur le coup, je n'étais pas certain, mais à présent…

– C'est pour ça que tu as crié ? demanda Zenkà qui dépliait la carte. Parce que tu as vu un corps bouger ? Depuis quand as-tu peur des « vivants » ?

– Je n'ai pas... eu peur. J'ai été... surpris.

Zenkà consulta la carte.

– Voyons voir... Où pouvons-nous être ?

Dès qu'ils avaient pris la fuite, Pak'Zil n'avait cessé de penser au Maya : il l'avait vu ouvrir les yeux et tenter de dire quelque chose. Il lui semblait même avoir entendu prononcer un mot comme Zol. S'il était encore vivant, il se devait de lui venir en aide. S'il n'essayait pas, son manque de courage allait le hanter toute sa vie. Curieusement, l'idée de revenir sur ses pas ne lui faisait pas peur.

– Je crois... qu'il faut retourner... là-bas, dit Pak'Zil.

Zenkà le regarda sans comprendre.

– Est-ce que j'ai bien entendu ?

– Ce Maya... Il faut lui venir en aide.

– Tu n'aimerais pas plutôt « me » venir en aide et ne pas pousser des cris de fille quand il ne le faut pas ? Il faut retrouver mon corps et vite.

Pak'Zil prit une profonde inspiration, comme s'il n'y avait pas assez d'air dans ces lieux lugubres pour alimenter ses poumons. Il sentait son cœur accélérer son rythme dans sa poitrine.

– Nous devons y… retourner.

– Moi, je ne retourne pas là-bas, dit Zenkà. À cette heure, ils sont maintenant des centaines à nous chercher. Et s'ils nous trouvent, nous serons le dessert de leur prochain repas.

Il y eut un silence. Zenkà continuait à examiner la carte tandis que Pak'Zil tentait de redonner à sa respiration un rythme plus normal.

Zenkà grogna :

– Je n'arrive pas à me retrouver. Il y a tant de corridors ici…

Pak'Zil, lui, n'arrivait pas à chasser de son esprit l'image du Maya agonisant.

– C'est décidé, j'y retourne, dit-il.

Il regarda Zipacnà, qui s'était assis en tailleur sur le sol, et lui demanda :

– Tu viens avec moi ?

Le dieu des Montagnes haussa les épaules. Rester là ou le suivre le laissait indifférent.

– On ne peut pas y retourner, insista Zenkà. C'est de la folie.

Inexplicablement, le jeune scribe se sentait investi d'une mission qui lui procurait un courage inhabituel, lui qui faisait tout pour fuir les embêtements. Cette fois, il semblait les rechercher ! Zenka se demanda si cette sensation d'invulnérabilité qui paraissait animer Pak'Zil était due à sa nouvelle stature ? À moins que l'air de Xibalbà l'ait transformé profondément ?

Pak'Zil regarda à gauche et à droite afin de s'assurer que la voie était libre, puis entreprit de retourner à l'endroit où il avait vu le Maya vivant. Zipacnà se leva et le suivit.

– Où allez-vous ? demanda Zenkà.

– Si on te le demande, tu sauras où nous trouver, dit Pak'Zil qui avait gagné de l'assurance en voyant que le dieu des Montagnes le suivait.

Zenkà réfléchit quelques instants, mais il lui sembla qu'ils ne lui laissaient pas le choix. Il sauta sur Zipacnà en maugréant :

– Vous êtes fous, dit-il. Complètement fous !

Pak'Zil se souvint alors d'un proverbe qu'il avait entendu dire à son oncle, un excentrique qui avait un jour décidé d'aller vivre nu dans les arbres en compagnie des singes hurleurs :

– S'il y avait plus de fous, il y aurait plus de gens heureux.

– Je ne suis pas sûr que nous serons plus heureux quand ils vont nous retrouver, lança Zenkà.

Pak'Zil passa sous silence que son oncle n'était pas resté plus d'un demi-journée dans les arbres où il avait été violemment chassé par les singes qui ne s'étaient pas gênés pour lui jeter leurs excréments à la figure. Le troupeau de tapirs dans lequel il avait essayé ensuite de s'intégrer l'avait également brutalement rejeté. Il avait connu une fin tragique lorsqu'il avait voulu cajoler des bébés jaguars pour leur souhaiter la bienvenue dans notre monde. La maman, qui revenait de chasser, n'avait pas apprécié.

Après s'être trompés à quelques reprises, Zipacnà, Zenkà et Pak'Zil finirent par retrouver leur chemin. En route, ils croisèrent des bêtes aux mines patibulaires, des chauves-souris dérangées dans leur sommeil et des insectes affreux, mais aucune ne tenta de mettre leur vie en péril. Pourtant, Pak'Zil aurait été prêt à affronter n'importe laquelle de ces créatures menaçantes. Il fut presque déçu : pas le moindre emperator, pas l'ombre d'un chauveyas.

— Où sont-ils ? marmonna le jeune scribe en restant à l'affût d'un bruit inquiétant.

— Ils affûtent leurs fourchettes et leurs couteaux pour ne faire de nous qu'une bouchée, répliqua Zenkà.

Avec prudence, ils entrèrent dans la salle où se dressaient les trois monticules de cadavres. Il n'y avait aucune trace de Nohoch.

— N'avait-il pas donné l'alerte ? demanda Zenkà à Zipacnà.

— Oui, assura le dieu des Montagnes. Je l'ai vu comme je vous vois.

Pak'Zil trouva le corps du Maya à l'endroit où l'avait laissé. Il se pencha et le posa précautionneusement dans le creux de sa main.

– C'est lui, dit-il en le montrant à ses deux camarades.

Zenkà sauta sur l'épaule du scribe et redescendit jusqu'à sa main. Le Maya était inanimé. Il posa son oreille sur sa poitrine. Le cœur battait toujours. Pendant qu'il examinait son visage, le Maya ouvrit les yeux et bredouilla :

– *Ooken.*

– *Ooken*? s'exclama Zenkà. Vous avez entendu, il a parlé du lilliterreux qui redonne vie aux *sak nik nahal*!

Un cri les fit se retourner vers Zipacnà, qui, le regard fixé au plafond, semblait horrifié.

– Attention! hurla le dieu des Montagnes.

C'est à ce moment que Zenkà sentit ses pieds se dérober et quitter la main de Pak'Zil. Il tombait. Il allait droit sur le monticule de cadavres.

– Regardez, dit Yaloum

Les tootkook avaient cessé de creuser la fosse où ils devaient enterrer le corps de Frutok. Ils s'étaient effondrés sur le sol et demeuraient immobiles.

– Que s'est-il passé ? demanda Pakkal. Sont-ils morts ?

– Je l'ignore, répondit Yaloum. Ils ont commencé à gémir, puis ils ont été secoués de spasmes.

Pakkal constata que celui qui était allongé à ses pieds respirait encore. Il observa de plus près les autres. Plusieurs remuaient imperceptiblement, ils respiraient encore, ils étaient vivants. Lentement, les tootkook reprenaient leur sens. Ils bougeaient, mais lentement. Pakkal se dirigea vers Dirokzat. Le chef de la tribu des Hak était agenouillé sur le sol, remuant lentement ses deux têtes qui semblaient aussi lourdes que deux rochers. Pakkal l'aida à se relever.

– Comment vous sentez-vous ? demanda-t-il. Que s'est-il passé ?

– Je l'ignore, répondit le chef des toot-kook. J'ai été foudroyé. Oui, c'est cela, comme si j'avais été victime de la foudre.

– Vous n'êtes pas le seul. Vos cama-rades commencent à peine à reprendre conscience.

Les tootkook se remettaient lentement du mystérieux choc qu'ils avaient subi. Cer-tains, les plus faibles, étaient morts.

Pakkal et Yaloum aidèrent Dirokzat à rassembler les corps de ceux qui avaient perdu la vie.

– Vous avez touché à l'Arbre cosmique ? demanda le chef des tootkook, ses deux têtes empreintes de tristesse.

– Oui, dit Pakkal. J'ai tenté de l'escalader.

– Vous avez eu tort, dit Dirokzat. Ah Puch nous avait prévenus.

Pakkal sentit une vague de culpabilité l'envahir. Parce qu'il avait touché à l'Arbre, il était responsable de la mort de sept toot-kook !

– Je suis sincèrement désolé, dit le prince. Je ne croyais pas...

– Il n'y a plus rien à faire, coupa Dirokzat. Les regrets arrivent toujours trop tard.

– Dirokzat, je me sens si mal… Je n'aurais pas cru que…

– Ce n'est pas tout à fait votre faute. Ce serait une erreur de vous accuser. Ah Puch est le vrai responsable.

Malgré cela, Pakkal se sentait coupable. Cependant, il était face à un dilemme. S'il ne pouvait grimper dans l'Arbre sans tuer des tootkook, comment allait-il s'y prendre pour atteindre le Monde supérieur ?

– Si on les enterre au pied de l'Arbre cosmique, dit Pakkal, ils sont censés ressusciter.

Sans regarder le prince, Dirokzat dit :

– Vous croyez ?

Il en doutait manifestement. Après s'être assuré que tous les autres tootkook se portaient bien, il alla demander conseil à Frutok.

– Fais ce que Pakkal te dit.

– Personne n'a jamais été enterré au pied de l'Arbre cosmique, dit Dirokzat. Qui donc peut mériter un tel honneur ?

Frutok cligna quelques-uns de ses yeux.

– Nous sommes les gardiens de l'Arbre cosmique. Nous tous le méritons.

Il fut interrompu par un bruit sourd : une autre branche venait de s'abattre lourdement sur le sol.

Dirokzat, sachant ce qui se passait, ne se retourna même pas.

– Il faut sauver l'Arbre cosmique, dit-il fermement.

Pakkal savait qu'il fallait l'escalader. Mais il ignorait comment s'y prendre. Son tronc pourri n'offrait plus aucune prise. Avant toute chose, il fallait stopper les effets nocifs des rayons bleus du soleil. Ensuite, il s'occuperait de l'Arbre cosmique.

Sans énergie, comme si les derniers événements venaient de leur retirer tout goût de vivre, Dirokzat et ses camarades estropiés creusèrent des fosses pour chacun de leurs compagnons décédés. Puis ils y mirent leurs cadavres sans cérémonie en les recouvrant simplement de terre. Ils quittèrent ensuite les lieux à la queue leu leu et disparurent dans la forêt.

– Que vont-ils faire ? demanda le prince à Frutok.

– Ils entreprennent un jeûne de trois jours, répondit le Hak comme le veut la coutume après l'enterrement des morts.

Il fit un pas en avant.

– C'est maintenant à mon tour.

Pakkal opina du chef. Frutok se rendit en claudiquant au bord de la fosse que les tootkook avaient creusée. Yaloum et Pakkal le suivirent en portant le bras que l'« emperator » lui avait sectionné. Ils le remirent à Frutok et aidèrent le Hak à descendre dans sa tombe.

– Au plaisir de vous revoir bientôt, fit Frutok.

Une moitié de ses yeux se fermèrent alors que les autres restèrent ouverts tandis qu'il devenait aussi mou qu'un chiffon. Les *sak nik nahal* qui lui permettaient de se mouvoir venaient de quitter son corps. Pakkal et Yaloum le recouvrirent de terre. Il ne restait plus qu'à attendre sa résurrection. Ils ignoraient toutefois dans combien de temps elle aurait lieu. Mais au moins, cette mission était accomplie.

Pakkal et Yaloum trouvèrent refuge sous l'arbre. Le prince observa ses larges feuilles et les singes qui allaient et venaient d'une branche à l'autre. Il entendait des oiseaux chanter.

– Je dois trouver un moyen de me rendre là-haut, dit-il. Mais sans toucher à l'arbre.

– C'est impossible, dit Yaloum.

– Impossible est un mot qui ne fait pas partie de mon vocabulaire, dit Pakkal.

Il songea au pouvoir qu'il avait sur les insectes : il pouvait contrôler leur vol en les pilotant. Hélas, leur nombre avait décru ; il y en avait de moins en moins à cause du soleil bleu.

Yaloum se pencha vers lui et lui dit :

– Votre maître veut vous parler.

Pakkal retira la dent de furet de son oreille. Il fut immédiatement assailli par des dizaines de voix. Yaloum se rendit compte de son malaise.

– Concentrez-vous sur une seule voix, dit-elle. Vous entendrez plus clairement les autres ensuite. C'est à vous de choisir à qui vous désirez parler.

Pakkal suivit ses conseils. Il parvint à isoler une voix, celle d'une femme qui sanglotait en parlant. Puis il passa à une autre, plus grave qui s'esclaffait. Enfin, il réussit à distinguer celle de Xantac.

– Maître ?

– Pakkal. Dans un arbre tout près, tu trouveras un nid abandonné dans lequel tu verras des œufs qui ont éclos, sauf un, intact, dont la coquille est en jade. Trouve cet œuf et je te dirai ensuite ce qu'il te faudra en faire.

– Un nid ! s'exclama Pakkal. Mais il doit y en avoir des milliers ! Et que dire des arbres de cette forêt si dense !

Pour seule réponse, Pakkal eut droit au retour des voix.

Il se ressaisit. Il ne devait pas se laisser décourager par la lourdeur de la tâche. Il se releva et commença ses recherches pour trouver l'œuf à la coquille de jade.

L'annonce de la mort subite de Xol s'était répandue comme une traînée de poudre dans son village. Xol était vieux, il avait

50 ans, un âge que n'avaient jamais atteint ses concitoyens mayas. Pourtant, son corps robuste et sa santé de fer contredisaient l'idée qu'il fut en âge de trépasser.

Xol était reconnu comme l'entrepreneur qui construisait les huttes les plus solides et les plus durables. Il était également fort serviable de sorte que sa compagnie était recherchée. Il n'avait jamais eu d'épouse et vivait seul dans une demeure délabrée. On disait de lui qu'il n'avait pas le droit d'aimer, car il avait toujours préféré la compagnie des hommes à celle des femmes. Des rumeurs couraient à son sujet à propos de ses goûts. Longtemps il avait vécu avec un homme qu'il avait présenté à tous comme son cousin. Mais les gens du village n'étaient pas dupes, ils se doutaient qu'il s'agissait de son amoureux. Mesquins, ils en parlaient entre eux dès que l'occasion se présentait.

Se sachant différent des autres hommes, Xol avait tenté à plusieurs reprises de se « guérir ». Il avait subi des opérations diverses effectuées par le grand prêtre du village qui agissait également à titre de praticien. On lui avait ouvert le crâne avec un couteau d'obsidienne afin de permettre à la malédiction qui l'affligeait de s'échapper ; on lui avait sectionné le petit doigt de la main droite ; on lui avait percé la peau à plusieurs endroits, dont la langue ; on avait fait des incantations, mais rien ne s'était produit : il continuait à préférer les hommes aux femmes.

Il avait cessé de s'en faire le jour où un de ses cousins, célibataire lui aussi, lui avait confié qu'il « souffrait du même mal », comme bien d'autres personnes, avait-il insisté.

Pendant les années qui suivirent, aucun incident majeur ne vint troubler son existence. Les villageois faisaient preuve de tolérance ou de retenue à son endroit. Xol gagnait bien sa vie, ses talents manuels étaient reconnus et appréciés, et il était rarement importuné. Jusqu'à ce que le chef du village décède et que son fils prenne la relève.

Cet homme, qui venait d'avoir 30 ans, était irascible et mesquin. Et, fait à ne pas négliger, il avait déjà fait des avances à Xol quelques années auparavant, à l'occasion d'un banquet public où on célébrait le Nouvel An. Xol avaient poliment mais clairement décliné ses propositions. Offusqué, le fils du chef avait jugé ce refus offensant et s'était promis de faire payer son humiliation à Xol.

À plusieurs reprises, par esprit de vengeance, le fils rejeté avait tenté de persuader son père de punir Xol pour son mode de vie immoral. Mais le chef était sage : il répétait que Xol était un membre estimé de la communauté, qu'il n'avait commis aucun crime qui mérite châtiment. L'attitude ferme de cet homme juste n'avait fait qu'accroître la frustration de son fils au point où Xol était devenu pour lui une véritable obsession.

Lorsque le père de Xol mourut, des rumeurs coururent selon lesquelles l'homme aurait été empoisonné à cause de l'écume qu'on avait vue autour de sa bouche quand on l'avait retrouvé dans son lit. Son fils organisa de rapides funérailles et prit les rênes du village.

Dès le lendemain, Xol commença à avoir des ennuis. Son « cousin » fut porté disparu pendant plusieurs jours. On retrouva bientôt son corps dans la forêt, horriblement déchiqueté, supposément victime d'une bête sauvage. Mais Xol avait observé les plaies. Elles étaient fines et nettes, comme celles qu'un couteau aurait pu provoquer.

Le nouveau chef refusa des funérailles au cousin de Xol et le corps fut jeté dans une fosse commune. Xol en fut chagriné et prit la décision de quitter son village.

Se sentant menacé, il partit en pleine nuit, sans prévenir qui que ce soit. Lorsque le nouveau chef apprit son départ, il entra dans une colère terrible et ordonna à ses soldats d'aller à sa recherche.

Ceux-ci retrouvèrent le fuyard, endormi au pied d'un arbre. Ils l'assommèrent à plusieurs reprises avec des pierres avant de le ramener au village. Le nouveau chef ordonna qu'on l'enterre immédiatement dans un cercueil. Lorsqu'on lui fit remarquer que Xol était encore vivant, il ne voulut rien entendre et exigea qu'on lui obéisse sur-le-champ.

Xol reprit conscience quelques heures plus tard : il était plongé dans le noir et le silence. Il comprit qu'on l'avait enterré vivant. Le cercueil était si petit qu'il ne pouvait ni déplier les bras, ni bouger la tête. Un sentiment terrifiant l'envahit. Même s'il avait du mal à respirer, il se mit à crier en espérant que quelqu'un l'entende et qu'on vienne le délivrer. Il tenta en vain de se calmer en imaginant des choses agréables. Combien de temps resta-t-il dans cette position ? Il serait toujours incapable de l'évaluer. Même ses pires cauchemars avaient été des expériences plus agréables que cette situation insupportable qui le remplissait d'effroi. Il pensa être mort, croyant que ce qu'il expérimentait était ce que réservait Xibalbá à tous : un endroit où, pour toujours, on devait demeurer dans un état d'angoisse extrême.

De plus, il souffrait d'une atroce migraine que la chaleur accroissait furieusement. Ses forces l'abandonnèrent lentement. Il espérait que tout cela se termine au plus vite afin qu'il trouve le repos.

Mais son supplice n'était pas terminé, il fut ensuite victime d'hallucinations. Il vit des insectes géants s'approcher de lui sans qu'il puisse faire un geste pour les chasser. Tout ce qu'il réussit à faire fut de hurler jusqu'à ce qu'une boule de feu carbonise sa gorge.

Alors que, en plein délire, il entendait pousser des cris atroces, il perçut au milieu de ces gémissements un bruit sec, semblable à celui qu'on entend lorsque quelqu'un frappe à la porte. D'autres bruits semblables se firent entendre et Xol sentit qu'on bougeait à ses pieds, mais il n'osa formuler un espoir de peur d'être le jouet de son imagination. Enfin, il aperçut une lumière bleue qui l'aveugla et il inspira un air frais et revigorant. Il posa son bras sur son visage pour protéger ses yeux.

Ses bras... Il venait de remuer ses bras, il pouvait maintenant les bouger! Ses jambes pliaient elles aussi! La douleur qu'il ressentait à cause de tout ce temps où il était resté immobile était bonne, la douleur était exquise... Il remuait, il était vivant.

Il entendit une voix tout près:

– Z'êtes-vous toujours vivant?

Xol voulut répondre. Mais sa bouche était si sèche qu'il fut incapable de proférer un son. Oui, il était vivant. Hélas, pas un mot ne sortit!

Il sentit qu'on lui versait un liquide froid dans la bouche. Il ouvrit les yeux. Il vit un visage rond, un crâne lisse et sans cheveux recouvert de terre.

– Comment vous zentez-vous?

Xol voulut répondre qu'il ne s'était jamais senti aussi bien de toute sa vie, mais aucun son ne sortit.

– Ze m'appelle le *Ooken*. Ze zuis un lil-literreux.

Xol voulut répliquer mais il perdit conscience.

••••

Tout au long du parcours, Zipacnà s'était dit que les Nohoch pourraient surgir de n'importe où dans le but de les attaquer. Pak'Zil avait osé toucher un des cadavres dont ils avaient la garde, ils ne lui pardonneraient pas ce geste. On pouvait bien rire d'eux, les insulter ou leur lancer des roches, ils ne réagissaient pas. Mais celui qui osait toucher à une de leurs dépouilles avait signé son arrêt de mort.

Dès qu'il était entré dans la salle où ses compagnons s'étaient mis à la recherche du corps du Maya, il pressentit une attaque. Les Nohoch étaient rancuniers, ils ne laisseraient passer aucun affront de ce genre. Ils étaient solidaires aussi. Lorsque l'un d'eux était menacé, les autres venaient lui prêter main-forte, laissant du même coup leurs monticules de cadavres sans protection. C'était là un des paradoxes des Nohoch.

Le géant avait été surpris de constater l'absence d'activités dans la salle. Il n'y avait pas âme qui vive, c'était le cas de le dire. Alors que Pak'Zil se précipitait sur le corps qu'il avait cru vivant, Zipacnà continuait à scruter les recoins et à garder ses oreilles en alerte.

Parce que de la poussière venait de tomber sur son long museau, il leva les yeux au plafond. C'est alors qu'il aperçut plusieurs Nohoch suspendus aux poutres du plafond de la salle, prêts à se laisser tomber sur les visiteurs.

Les Nohoch étaient teigneux et vicieux au combat. Tous les coups étaient permis : ils mordaient, griffaient et n'hésitaient pas à sauter à plusieurs sur leurs cibles. Par ailleurs, la croûte qui recouvrait leur peau causait de vives démangeaisons à leurs victimes.

Zipacnà n'eut pas le temps d'avertir Pak'Zil à temps. Il vit les Nohoch se jeter sur lui. Le scribe échappa du même coup Zenkà et le corps du Maya qu'ils étaient venus secourir.

Zipacnà était prêt à se défendre, mais il s'aperçut que la seule cible visée par les Nohoch était le jeune scribe. Il fut rapidement assailli par une troupe de Nohoch.

Sur le sol, Zenkà tenta d'éviter d'être piétiné et, du même coup, essaya de protéger le Maya qui était maintenant sans connaissance. Il fut soulagé de constater que le Nohoch ne cherchait pas à s'en prendre à lui. Alors qu'il traînait le corps du Maya plus loin pour le mettre à l'abri, il reçut un coup de pied non intentionnel de la part d'un Nohoch. Il fut projeté des mètres plus loin, glissa sur le sol gluant et termina sa course sur un mur de pierre.

Pendant ce temps, Zipacnà tentait de débarrasser Pak'Zil des créatures qui le parasitaient. Mais les Nohoch s'agrippaient à lui comme s'ils étaient collés à sa peau. Chaque fois qu'il réussissait à en un arracher un, Pak'Zil poussait un cri de douleur.

– Désolé ! disait Zipacnà chaque fois.

Le dieu des Montagnes les projeta au sol de toutes ses forces afin de les mettre hors d'état de nuire. Enfin, il réussit à débarrasser Pak'Zil de tous ses assaillants. Il examina ses bras, sa poitrine et ses jambes, et vit qu'elles étaient couvertes de plaies. Il en avait aussi sur le visage.

– Ça pique ! fit Pak'Zil en se grattant vigoureusement.

Mais plus il se frottait la peau, plus les démangeaisons étaient intenses.

– Ça va me rendre fou !

Avec ses ongles, il se grattait les bras, les jambes et la poitrine. Il tentait aussi d'atteindre son dos, mais sans succès. Il se tourna vers Zipacnà :

– Mais qu'est-ce que tu fais ? Aide-moi !

Zipacnà, dont les mains étaient munies de longues griffes, racla le dos du jeune scribe qui poussa un soupir de soulagement.

De son côté, lorsque Zenkà se releva, il vit que le Nohoch qui l'avait frappé était au-dessus du corps du Maya. Il était penché sur lui et le reniflait avec délices.

Le guerrier de Kutilon s'approcha lentement. Il devait créer une diversion. S'il n'agissait pas, le Maya allait lui servir de repas.

Il se mit à courir autour de lui, se disant que ce qui avait amusé le colosse une première fois pourrait peut-être encore fonctionner. Mais le Nohoch ne fit aucun cas de la chorégraphie ridicule de Zenkà. Il n'en avait que pour le corps du Maya.

Zenkà le vit ouvrir la gueule et l'approcher dangereusement du corps de Xol.

– Non ! cria-t-il.

Le Nohoch l'ignora. C'est alors que Xol ouvrit les yeux. Voyant la créature qui s'apprêtait à l'avaler, il roula sur lui, mais dut s'arrêter, car sa tête le faisait encore atrocement souffrir. Surpris, le Nohoch eut un mouvement de recul. Il posa la main sur Xol pour l'empêcher de bouger.

Zenkà ramassa une pierre sur le sol. Il visa le front du Nohoch et parvint à atteindre sa cible. Toutefois, la bête ne réagit pas, ne ferma même pas les paupières.

Xol tenta de bouger, mais la main du Nohoch s'était refermée sur lui. Il aperçut la gueule du géant qui l'avait porté à sa bouche et qui le tenait à présent entre ses deux rangées de dents, comme un chien retient un os dans sa gueule. Un coup de mâchoire et le Nohoch allait broyer Xol.

Zenkà devait à tout prix l'en empêcher, mais comment y arriver seul ? Il courut demander l'aide de Zipacnà et de Pak'Zil et les surprit en pleine séance de grattage.

– Qu'est-ce que vous faites ? Ce n'est pas

le temps de vous amuser !

Pak'Zil, dont le visage était devenu cramoisi à force de se le gratter, répliqua :

– Ce n'est pas pour nous amuser, ça pique !

– Eh bien ça devra attendre ! dit Zenkà. J'ai besoin de votre aide, et vite ! Suivez-moi !

Les deux géants obéirent. Lorsqu'ils arrivèrent, le Nohoch tenait toujours Xol entre ses dents, mais il s'éloignait à petits pas, comme sous la menace. Zenkà le héla :

– Eh, oh, reviens ici !

Évidemment, le Nohoch l'ignora.

Zenkà s'adressa à Zipacnà :

– Il faut absolument l'arrêter, dit-il. Mais nous devons être prudents, il tient le Maya dans sa gueule.

En prononçant ces paroles, Zenkà se rendit compte que son compagnon ne lui serait d'aucune utilité. Il pouvait, avec sa grande puissance, le tuer, mais c'était courir un grand risque pour la vie de Xol.

Alors que Zenkà se demandait que faire,

il vit apparaître un petit être chauve couvert de terre : un lilliterreux. Même si Zenkà ne l'avait jamais vu, il sut qu'il s'agissait du *Ooken*.

=====

Des nids d'oiseaux, abandonnés ou pas, Pakkal en avait vu beaucoup. Alors qu'il n'était encore qu'un enfant, des dizaines de fois il avait désobéi à sa grand-mère qui lui interdisait formellement de grimper aux arbres pour les observer. Elle prétendait que toucher les œufs ou même le nid qui les protégeait pouvait être mortel pour les oisillons. Elle ne l'avait cependant jamais mis en garde contre le fait d'en « regarder » un.

Les mères des oisillons réagissaient toujours fortement à ses approches. Elles pépiaient de colère et volaient autour de lui, mais ne l'agressaient pas. Jusqu'au jour où il avait observé le nid d'un aigle au bec bleu, au visage orange et à la tête noire, le caracara. Il n'avait même pas eu le temps d'atteindre le nid, dès son ascension amorcée, il avait été assailli par des crocs et un bec tranchants. Pakkal s'était enfui aussitôt, mais l'aigle avait continué à le pourchasser.

Le prince était parvenu à se mettre à l'abri en se disant qu'il avait eu sa leçon.

Quelques jours plus tard, il avait trouvé un nid sur le sol que les forts vents de la nuit avaient fait tomber. À côté gisait un oisillon qui pépiait faiblement. Pakkal l'avait ramassé et ramené dans sa chambre où, sans le dire à personne, il l'avait caché sous son lit. Afin de le nourrir, il lui avait donné des vers et de l'eau , mais l'oisillon avait refusé net. Malgré d'autres tentatives au milieu de la nuit, Pakkal avait retrouvé l'oisillon couché sur le côté, la gueule et les yeux ouverts. Il était mort.

C'est à ce petit être fragile que Pakkal songea lorsqu'il entreprit les recherches qui allaient le mener à l'œuf à la coquille de jade. Il se dit que s'il avait laissé l'oisillon sur place, sa mère serait peut-être venue le récupérer. Il se sentait encore en faute de l'avoir pris avec lui.

Le prince grimpa sur sa mygale géante, suivi de Yaloum sur sa sauterelle. Scrutant la cime des arbres, il s'efforça de suivre les consignes de Xantac.

– Il y a trop d'arbres, se plaignit-il.

– Effectivement, la forêt est dense, fit Yaloum.

En dépit de tout le mal qu'il causait, le soleil bleu pourrait peut-être faciliter ses recherches : il avait fait tomber pas mal de feuilles. Cependant, ses rayons mortels faisaient aussi fuir les oiseaux qui abandonnaient leur nid.

– Là, j'en vois un ! fit Yaloum en désignant un arbre.

Pakkal stoppa sa mygale au pied d'un feuillu et se mit à grimper jusqu'au nid. Il fut déçu, il n'y trouva que des coquilles vides.

Après une trentaine d'arrêts, d'escalades et de faux espoirs, le prince était exténué. Aucune trace de l'œuf à la coquille de jade.

L'étoffe qui le recouvrait pour empêcher les rayons bleus de l'atteindre rendait sa tâche encore plus pénible, le tissu conservant chaleur et humidité. Il se sentait comme s'il était enfermé dans une maison surchauffée par la canicule, il suffoquait.

– Mon maître n'aurait pas pu me dire où se trouve cet œuf, évidemment, maugréa-t-il en s'allongeant sur le sol.

– S'il l'avait su, il vous l'aurait dit, suggéra Yaloum.

– Xantac ne m'a jamais facilité la tâche, dit Pakkal. Il prétend que les épreuves vont m'aider à former mon caractère. Car lorsque je serai roi, pour régler les problèmes du royaume, je devrai compter sur moi et sur les expériences que j'aurai acquises.

Yaloum frotta le museau de sa sauterelle.

– Il n'a pas tort, dit-elle.

Pakkal aurait aimé que ce soit plus facile. Pourquoi fallait-il que tout soit toujours compliqué et ardu?

Il se retira à l'écart et enleva la dent de furet de son lobe. Des centaines de voix s'entremêlaient. Il en isola une et partit à la recherche de celle de Xantac. Mais il ne l'entendit pas.

– Xantac, j'ai besoin de votre aide.

– Je sais où se trouve l'œuf.

Ce n'était pas la voix de Xantac.

– Qui êtes-vous?

–Vous n'avez pas besoin de savoir qui je suis. Je sais où se trouve l'œuf.

– Alors dites-le-moi.

– Non.

– Pourquoi refusez-vous ?

Le *sak nik nahal* émit un son semblable à un reniflement. Pakkal se dit qu'il avait affaire à un plaisantin. Il appela de nouveau son maître. Le *sak nik nahal* répondit à sa place.

– Je sais où se trouve l'œuf et vous ne saurez pas où il est.

– J'avais compris la première fois, dit le prince. Je n'ai pas de temps à perdre avec vous.

Il allait remettre la dent de furet dans son lobe et reprendre ses recherches lorsque la voix du *sak nik nahal* se fit insistante :

– Ne vous en allez pas. Je vais vous dire où est l'œuf.

Pakkal s'arrêta.

– J'attends.

– Je veux quelque chose en retour.

– Je n'ai rien, dit Pakkal.

– Je veux que vous marchiez sur les mains.

Marcher sur les mains ? Cette demande était ridicule.

– Si je marche sur les mains vous allez me dire où est l'œuf à la coquille de jade ?

– Oui, oui !

Pakkal avait des doutes.

– Je ne vous crois pas.

– Je m'ennuie ici. Divertissez-moi et je vous donnerai ce que vous cherchez.

Le risque était minime, Pakkal n'avait rien à perdre.

Il avait déjà essayé de marcher sur les mains sans y parvenir. Parfois, des artistes et des acrobates étrangers étaient venus donner des représentations devant sa mère et la cour. Il y avait eu aussi des nains, des mangeurs de feu et des raconteurs de blagues. Pakkal se rappelait que l'un des acrobates, un cul-de-jatte, se déplaçait sur les mains la tête à l'envers. Pakkal avait essayé de l'imiter ensuite, mais c'était beaucoup plus difficile qu'il l'avait d'abord cru.

Il plaqua ses mains au sol et tenta de lever les pieds, mais ceux-ci retombaient lourdement. Et chacune de ses tentatives échoua lamentablement. Chaque essai était suivi d'une succession de reniflements. Pakkal comprit que c'était la manière de rire de son curieux interlocuteur.

Après une dizaine de pitreries, le prince s'impatienta.

– J'en ai marre. Dites-moi maintenant où se trouve l'œuf.

– Non! Vous êtes trop drôle. Je veux vous voir encore tomber!

Pakkal s'exécuta avec les mêmes résultats salués par les mêmes reniflements.

– Assez. Dites-moi où est l'œuf à présent!

– Non, encore!

Alors que Pakkal s'apprêtait à enfourcher sa mygale, il entendit dire :

– D'accord. Je vais vous indiquer le chemin.

Le *sak nik nahal* le fit avancer dans la forêt humide où il lui demanda de s'arrêter devant un buisson.

– Là, dit le *sak nik nahal.*

– L'œuf est dans le buisson ?

– Oui.

Il y eut un autre reniflement. Pakkal avança, se pencha et écarta lentement les branches. Il eut un brusque mouvement de recul : un jaguar était couché, qu'il venait de réveiller.

– Allez-y ! dit le *sak nik nahal.* Amusez-vous, divertissez-moi !

Le lilliterreux qui s'était placé devant le Nohoch leva les bras et lui fit signe de s'arrêter. Le Nohoch s'exécuta.

– Ze n'est pas zun cadavre, dit-il. Il m'appartient.

Le Nohoch poussa un grognement, le repoussa et poursuivit son chemin. Le lilliterreux recommença son manège. Cette fois, il n'était plus qu'à une enjambée, le Nohoch n'aurait qu'à lever le pied pour écraser cet être minuscule. Ce qu'il fit d'ailleurs immédiatement après lui avoir manifesté son désaccord par un autre grognement.

– Non ! fit Zenkà.

Mais le lilliterreux émergea du sol sain et sauf, réapparaissant cette fois derrière le Nohoch.

– Z'est à moi ! dit de nouveau le lilliterreux. Arrête-toi, zinon tu devras en zubir les conzéquenzes !

Le Nohoch ne se retourna même pas et poursuivit son chemin, tenant toujours Xol entre ses dents. Le lilliterreux posa une de ses mains au sol. Dès lors, le Nohoch cessa d'avancer parce que ses pieds s'enfonçaient dans le sol.

– Relâze-le zinon ze devrai te faire payer.

Le Nohoch se débattit en s'efforçant de lever les jambes qui continuaient à s'enfoncer, et plus il remuait, plus il s'enlisait. Incapable de comprendre qu'il courait à sa perte en bougeant, il continua à se démener. Enfoncé jusqu'à la poitrine, il n'avait toujours pas lâché sa prise.

Le lilliterreux se plaça devant lui.

– Donne-moi le corps. Immédiatement !

Il fallut que le Nohoch soit enseveli jusqu'au cou pour qu'il se décide à desserrer les dents. Le lilliterreux fit un signe à Zenkà d'aller aider Xol à reprendre pied. Zenkà obéit, non sans appréhension, mais il n'y eut aucun accident.

Même si le Nohoch avait finalement obtempéré, le lilliterreux le laissa s'enfoncer complètement dans le sol.

– Za zemble cruel, dit le petit homme fait de terre en apercevant le regard étonné de Zenkà, mais zi ze l'avais laizzé z'enfuir, il nous zaurait dénonzé. Z'ils n'ont aucune pitié, ze n'en aurai pas non plus.

Il fit signe à Zipacnà et à Zenkà de le suivre.

– Avant que l'on ne ze fazze surprendre, nous devons nous zen aller.

– Un instant, fit le guerrier de Kutilon. Nous avons un ami là-bas qui nous attend.

Lorsqu'ils arrivèrent sur les lieux de l'attaque, Pak'Zil se roulait sur le sol en poussant des gémissements.

- Il azit toujours comme za ou il est zuste heureux de faire ma connaizzanze ? demanda le lilliterreux.

– Il agit toujours comme ça, fit Zenkà, sarcastique.

Le guerrier s'approcha et dit au scribe :

– Nous devons nous en aller. Les Nohoch pourraient revenir.

– Je... Je ne peux m'empêcher... de me gratter ! Ça me démange !

– Il a été touzé par une de zes brutes ?

Zenkà opina du chef.

– Zipacnà aussi, mais ça ne le pique pas.

– Ze zais comment atténuer ze problème. Qu'il me zuive.

Zipacnà aida Pak'Zil à se relever pendant que Zenkà chargeait Xol sur son épaule. L'homme que son ennemi avait fait enterrer vivant était encore inconscient.

– Zes Nohoch zont une vraie plaie ! maugréa le lilliterreux Ils ne rezpectent zamais notre entente.

– Quelle entente ? demanda Zenkà.

– Ze les zaide à trouver les morts et ils me gardent zeux qui zont encore vivants.

Ce n'est pourtant pas zi diffizile à comprendre !

– Vous êtes le *Ooken* ? demanda Zenkà.

– Z'est ze qu'on dit.

– Je vous cherchais. J'ai besoin de vous.

– Zi ze peux vous zaider, z'est que vous zêtes vraiment mal pris.

– Effectivement. Je suis mort et on m'a dit que vous pourriez m'aider à retourner dans le Monde intermédiaire.

– Pourquoi za ? Vous n'êtes pas bien izi ?

Le côté pince-sans-rire du lilliterreux désarçonnait Zenkà.

– Je n'ai pas terminé ce que j'avais à faire là-haut.

– Vous z'aviez une zoupe zur le feu ?

– Je dois aider des amis à accomplir une mission.

– Ze n'est pas une raizon suffizante. Z'est beaucoup de travail, vous zavez, z'a doit vraiment en valoir la peine.

– Mes amis et moi devons sauver la

Quatrième Création.

– Et vous croyez que za en vaut vraiment le coup ?

– Absolument.

Ils s'arrêtèrent devant une marre d'un liquide noir comme le jais.

– Tu dois te zeter là-dedans, dit le lilliterreux à Pak'Zil.

Pak'Zil, qui se grattait toujours frénétiquement, approcha. L'aspect du liquide le dégoûta : il était grumeleux et d'étranges morceaux d'une substance rosée flottaient à la surface. Sans parler de l'odeur qui était repoussante.

– Qu'est-ce que c'est ? demanda-t-il.

– Izi zont zetés les reztes qui ne zont pas manzés.

– Les restes ? Quels restes ?

– Des Mayas.

– Est-ce que j'ai bien entendu ? Il s'agit des restes des cadavres ?

Le lilliterreux fit oui de la tête.

– Et vous voulez que je me jette là-dedans ? Vous rigolez, n'est-ce pas ?

– Allez, lourdaud, dit Zenkà qui tenait le Maya sur une épaule et s'était pincé le nez pour ne pas respirer les émanations pestilentielles. Plonge !

Pak'Zil se gratta vigoureusement le cuir chevelu.

– Oh non ! Je ne vais pas me tremper là-dedans.

Zenkà se tourna vers le *Ooken* :

– Il n'y a pas un autre moyen ? J'avoue que c'est vraiment immonde.

– Non, dit le lilliterreux. Z'est la zeule zolution que ze connaisse.

– Et s'il attendait ? Ses démangeaisons vont bien finir par cesser, non ? fit Zenkà.

– Za va zesser lorzqu'il n'aura plus de peau à gratter. Ze ne zera vraiment pas zoli.

Le *Ooken* regarda derrière lui.

– Ze crains l'arrivée de Nohoch. Il faut qu'il ze dépêche.

Au scribe qui se frottait fiévreusement le

dessus du pied, le guerrier dit :

– Pak'Zil! Tu dois sauter immédiatement!

– Non! Ça pue. Je vais me mettre à vomir.

– C'est la seule solution. Tu n'as pas le choix.

– On a toujours le choix!

– Pas toujours, dit Zenkà.

Le guerrier de Kutilon se tourna vers Zipacnà et lui fit un signe avec la main. Le géant comprit ce qu'il devait faire. Il se jeta sur le scribe et le poussa dans la mare.

Pakkal avait réveillé le jaguar. L'animal n'était pas encore un adulte, mais ce n'était visiblement plus un bébé. Un ado, fort probablement. La voix du *sak nik nahal* se fit entendre :

– Vas-y! Cours!

Le félin et le prince s'épiaient. Malgré tout ce qu'il savait sur la dangerosité des jaguars, Pakkal se dit qu'il allait peut-être s'en sortir sans un affrontement. Mais le félin cracha dans sa direction, ce qui n'était pas bon signe.

Il avait entendu dire qu'il n'y avait pas de bonnes ou de mauvaises manières d'échapper à un jaguar. Tout ce qu'on expérimentait valait la peine d'être essayé.

– Je suis un ami de Takel, la maîtresse des jaguars, dit Pakkal. Je ne vous veux aucun mal.

– Mais qu'est-ce que vous racontez ? commenta le *sak nik nahal*. Il n'a pas mangé depuis deux jours, la liste de vos amis ne l'intéresse nullement !

Ce *sak nik nahal* l'avait bien eu. Yaloum lui avait pourtant recommandé d'être prudent avec eux. Mais sa volonté de retrouver l'œuf à la coquille de jade avait été la plus forte. Pakkal payait maintenant le prix de sa naïveté.

Le jaguar s'étira longuement et se mit sur ses quatre pattes. Il avança lentement en direction du prince qui recula de quelques pas.

– Parlez à Takel, dit Pakkal. Elle vous confirmera que je dis vrai.

– Depuis quand les jaguars parlent-ils ? demanda le *sak nik nahal*. Vous êtes plus divertissant que je pensais !

– Tais-toi donc ! dit une autre voix de *sak nik nahal*. Tes blagues ne font rire personne.

– Si ! Elles me font rire, moi !

Pakkal devait se concentrer sur ce qui se passait devant lui. Il replaça la dent de furet à son oreille.

S'il lui tournait le dos, le félin lui sauterait dessus, et il n'aurait plus aucune chance de se défendre. Et s'il se portait à l'attaque ? Cette idée était désespérée. Pakkal l'était !

Son cœur cognait dur dans sa poitrine, il haletait comme pendant une course. Il chercha à éviter le regard du jaguar qui le jugerait comme une provocation. Il dégaina lentement son couteau d'obsidienne et le pointa en direction du fauve.

Ce faisant, il se rendit compte que sa main était noircie. Lentement, la peur qu'il avait du jaguar s'estompa et fit place à une confiance en lui à toute épreuve.

Les rayons du soleil bleu étaient bons sur sa peau. Il retira en la déchirant l'étoffe qui lui couvrait le corps. Le jaguar n'allait pas lui faire de mal, c'était le contraire qui allait se produire ! Le félin allait se frotter pour la première et dernière fois au grand Chini'k Nabaaj, le double ténébreux de Pakkal.

– Approche, minou, lui dit-il.

Comme s'il avait compris cette invite, le jaguar bondit vers lui. Chini'k Nabaaj leva son bras puissant et parvint à interrompre son élan en lui empoignant la gorge et en la serrant. Debout, le félin était de sa taille. Il approcha sa tête de la sienne et sans le regarder dans les yeux, lui dit :

– Tu crois que tu me fais peur ?

Le félin lui répondit avec ses pattes arrière et lui assena un coup en plein estomac. Chini'k Nabaaj le relâcha et, le souffle coupé, se plia en deux. Son assaillant profita de cette faiblesse pour charger. Il posa ses pattes sur son dos et parvint à refermer sa gueule sur son cou.

Chini'k Nabaaj se redressa et tenta de faire passer le jaguar par-dessus lui. Mais la bête était si lourde qu'il dut la relâcher.

En se retournant, Chini'k Nabaaj aperçut une demi-douzaine de spectateurs autour de lui. D'où venaient-il donc?

Le jaguar profita de ce moment d'inattention pour mener une autre attaque. Il planta ses crocs dans le bras de Chini'k Nabaaj, qui échappa le couteau d'obsidienne en poussant un cri de douleur. Le double du prince, de sa main libre, flanqua un coup de poing sur le museau du félin qui relâcha sa prise. Le félin recula et se frotta le nez avec ses pattes avant. Chini'k Nabaaj fit un pas dans sa direction pour en finir. Le jaguar recula et s'enfuit.

– Quel spectacle! fit un voix derrière Chini'k Nabaaj. Quelle transformation! Encore!

Lentement, le Hunab Ku de Pakkal se retourna. Celui qui venait de prononcer ces paroles était le *sak nik nahal* qui l'avait entraîné dans ce guet-apens. Cette fois, il le voyait. De petite taille et trapu, la créature mâchouillait un morceau de bois.

– Tu t'es bien amusé? demanda une *sak nik nahal* à la droite de Chini'k Nabaaj. C'était une femme svelte qui portait un collier de jade autour du cou.

– Pas assez, répondit-il. J'en veux encore. Tu crois qu'il m'entend ?

Elle ne répondit pas.

– Jeune homme, fit le *sak nik nahal*. Vous m'entendez ?

Chini'k Nabaaj s'avança vers lui.

– Oui, je vous entends parfaitement.

– On dirait même qu'il te voit, dit la femme.

– Ridicule, il ne peut pas me voir.

Puis, s'adressant à Chini'k Nabaaj, il ajouta :

– Jeune homme, je suis désolé, je ne savais pas qu'il y avait un jaguar à cet endroit.

– Je ne vous crois pas, répliqua Chini'k Nabaaj.

Il était furieux. Le ton de sa voix augmenta. Il termina la phrase en criant :

– Vous avez abusé de ma confiance !

– Désolé, vraiment. Je ne savais pas que vous alliez rencontrer cet animal.

– Je te dis qu'il te voit, insista la femme

sak nik nahal.

Chini'k Nabaaj tourna la tête. Les autres âmes avaient quitté les lieux. Il ne restait que ces deux-là. Il regarda la femme droit dans les yeux et esquissa un sourire maléfique.

– Il peut nous voir ! C'est évident.

– Non, c'est impossible…

Chini'k Nabaaj se dirigea droit vers le *sak nik nahal* qui, médusé, ne tenta même pas de fuir : il était figé sur place.

Chini'k Nabaaj lui appliqua les mains sur la poitrine et le projeta loin derrière.

– Je vous rendrai plus *sak nik nahal* que vous ne l'êtes déjà !

Le *sak nik nahal* grassouillet tenta de fuir, mais Chini'k Nabaaj le rattrapa par une cheville. Il le tira vers lui et le remit sur ses jambes.

– À votre tour, maintenant : amusez-moi !

Zipacnà prit Pak'Zil par surprise et le poussa dans la mare noire et visqueuse.

Le jeune scribe tomba la tête la première et tout son corps fut immergé. Zenkà ne put s'empêcher de rire.

– Quel plongeon, fit-il.

La tête de Pak'Zil réapparut, couverte d'une substance gélatineuse.

– Au secours! cria-t-il. Je ne sais pas nager!

– Tu n'as pas bezoin de zavoir nager, dit le *Ooken*. Tu en as jusqu'aux hanches.

Pak'Zil marcha vers eux en se traînant misérablement. Mais le lilliterreux intervint :

– Tu dois rezter quelques zinstants. Le temps qu'ils viennent manzer les peaux mortes.

Le scribe s'essuya les yeux, qui s'agrandissaient de peur.

– Manger? Qui est censé manger les peaux mortes?

– Tu verras.

– Je ne resterai pas un instant de plus ici, déclara Pak'Zil.

– Tu dois y rezter.

– Vraiment ? Et qui va m'en empêcher ?

Zipacnà fit un pas en avant. Pak'Zil s'arrêta.

– J'ai compris, fit-il.

Puis il se lança dans une suite de plaintes justifiées, mais lassantes.

– Oh ! Mais qu'est-ce qui se passe ? Je sens des picotements sur mes jambes.

Il se releva prestement et vit que ses cuisses étaient couvertes de mollusques blancs, leurs six pattes munies de ventouses collées à sa peau. Il essaya de les enlever, en vain. Horrifié, il en vit des centaines d'autres qui s'apprêtaient à lui couvrir le corps.

– Au secours ! Je vais mourir ! Ils vont me vider de mon sang !

– Mais non, fit le lilliterreux. Calme-toi. Laizze-les faire leur travail.

Pak'Zil n'écouta pas les conseils du *Ooken* et continua à gémir, à protester et à s'énerver. La moitié visible de son corps grouillait maintenant de ces bestioles blanches. Zenkà s'approcha du lilliterreux.

– Est-ce normal ? Il me semble qu'il y en a beaucoup.

– Ze n'est rien. Regardez.

Effectivement, quelques instants plus tard, il ne resta plus un seul espace du corps de Pak'Zil qui n'en fut recouvert. Certaines avaient réussi à s'introduire dans sa bouche, dans son nez et dans son pagne. Il perdit pied et disparut dans la marre. Il y resta suffisamment longtemps pour que la situation paraisse inquiétante.

– Il faut aller le chercher, dit-il à Zipacnà.

Le *Ooken* fit non de la tête.

– Laizzez-le encore un peu.

– Mais il va mourir noyé ! s'indigna Zenkà.

Au même instant, Pak'Zil refit surface. Le malheureux prit une profonde inspiration et, à quatre pattes, regagna la berge où il se coucha sur le dos. Zenkà posa Xol sur le sol et s'approcha du scribe.

– Pak'Zil ? Ça va ?

Son ami ouvrit les yeux.

– C'est fini ? demanda-t-il.

– Je crois, oui.

Pak'Zil se remit sur ses jambes, bomba le torse et comme s'il n'était pas couvert de la plus ignoble substance qui soit, il demanda :

– Alors ? Où allons-nous ?

Le *Ooken* lui indiqua un endroit où il pourrait se nettoyer. Puis ils prirent tous les quatre la direction que le lilliterreux leur montra. Sur la route, ils croisèrent quelques Nohoch. À chaque rencontre, Pak'Zil se dissimulait derrière le dieu des Montagnes, lequel ne fit preuve d'aucune pitié et se débarrassa d'eux.

Ils parvinrent à un renfoncement dans le rocher, une caverne qui servait de maison au *Ooken*. Zenkà y pénétra. Il allongea le corps de Xol sur le premier endroit plat qu'il trouva, en l'occurrence une longue table de pierre.

– Et moi ? fit Pak'Zil. Est-ce que je suis trop gros pour entrer ?

– Non. Mais tu reztes dehors avec le grand alligator, dit le lilliterreux. Tu nous fais zignes zi tu vois des Nohoch.

– Il y a encore des risques ? demanda le scribe en roulant des yeux.

– Il n'y a pas de rizques. Z'est zûr que tu vas en rencontrer.

Le *Ooken* laissa Pak'Zil se lamenter et pénétra dans sa demeure.

Elle était modestement meublée. Une table (qui servait aussi de lit), des torches de feu bleu fixées aux murs, des codex, des livres et des archives empilés sur le sol ainsi que d'étranges instruments que Zenkà n'avait jamais vus auparavant. Le lilliterreux approcha du Maya qui, même s'il avait les yeux entrouverts, ne semblait pas conscient.

– Il l'a ézhappé belle, dit-il. Z'est une zhance que Zol zoit encore vivant.

Le *Ooken* leur raconta comment il était parvenu à tirer Xol de son cercueil. Mais alors qu'ils s'apprêtaient à retourner dans le Monde intermédiaire, ils furent victimes d'une attaque de chauveyas.

– Z'était zûr que z'en était fait de lui. Où l'avez-vous trouvé ?

– C'est Pak'Zil qui l'a repéré. Il était dans une des salles, celle où se dressent les trois monticules de cadavres, dit Zenkà.

Le *Ooken* disparut à sa vue et revint avec un petit pot de terre cuite. Il en tira une substance qui ressemblait à de la terre humide et en appliqua sur les plaies de Xol. Zenkà, qui le regardait faire, lui dit :

– Je veux aussi que vous me montriez la sortie.

– Ze n'est pas zi zimple, dit le lilliterreux en frottant les pieds du blessé. Vous zêtes mort.

– Qu'est-ce qui n'est pas si simple ? Vous n'avez qu'à me dire où je dois aller et j'irai.

Zenkà sortit la carte du premier niveau de Xibalbà. Le *Ooken* la prit et la déplia devant eux.

– Je connais bien zette carte.

– Vraiment ?

– Oui. Z'est moi qui l'ai dezzinée. Z'en ai d'autres qui pourraient vous zintéresser.

Il en ramassa quelques-unes qui faisaient partie du fouillis sur le sol.

– Il en existe une pour zaque niveau.

Mais ces cartes n'intéressaient nullement Zenkà, qui ne les regarda même pas. Il se rendait compte que le lilliterreux faisait tout en son pouvoir pour faire dévier le sujet.

– Je veux sortir d'ici, dit Zenkà. Je sais que vous êtes le seul à pouvoir m'aider.

–Le zhemin zera long et pénible. Ze ne zuis pas zûr que vous en zerez capable. Z'est très diffizile. Vos zhances de zuccès zont minzes.

Zenkà venait d'être piqué au vif.

– J'en serai capable, dit-il.

Le *Ooken* regarda Zenkà dans les yeux :

– Z'est ce que nous zallons voir.

Chini'k Nabaaj tenait le *sak nik nahal* par le cou. La sensation était bizarre : il avait l'impression de tenir un objet fluide, une forme évanescente qui pourrait lui filer entre les doigts. Le *sak nik nahal* était léger comme l'air. Ses yeux étaient écarquillés et son menton tremblait de peur. Il cracha le morceau de bois qu'il mâchouillait.

– Je… Je suis désolé. C'était une blague. Vous n'avez pas le sens de l'humour ?

– D'après toi, est-ce que j'ai l'air de rire ? renchérit sèchement Chini'k Nabaaj.

Il serra avec encore plus de force, son poing était presque fermé. Il songeait à ce qu'il pourrait lui faire pour qu'il regrette amèrement son geste.

– Laissez-moi vous aider.

– Je n'ai pas besoin d'aide, dit Chini'k Nabaaj.

Il leva le *sak nik nahal* dans les airs et le lança comme s'il s'agissait d'un javelot. Son élan fut fulgurant, mais il atterrit lentement, comme une feuille morte qui se pose sur le sol en se balançant. Il n'était pas blessé, seulement désorienté. La colère de Chini'k Nabaaj augmenta d'un cran. Il se jeta de nouveau sur lui.

– Attendez, fit le *sak nik nahal* en tentant de fuir et en lui faisant signe avec ses mains d'arrêter. Je peux sûrement vous aider.

Chini'k Nabaaj s'empara d'une de ses chevilles et l'attira vers lui.

– L'œuf, dit une voix. Nous pouvons vous aider à retrouver l'œuf.

C'était la *sak nik nahal*, elle s'était rapprochée. La fureur de Chini'k Nabaaj l'empêchait de comprendre ce qu'elle disait :

– L'œuf ? Quel œuf ?

– Celui à la coquille de jade. Nous pouvons vous aider à le retrouver.

Chini'k Nabaaj relâcha la cheville du rigolo. Il regarda la *sak nik nahal* :

– Vous mentez !

– Je ne mens jamais.

– C'est vrai, dit l'homme. Elle ne ment jamais !

– Comment puis-je vous croire ? Et comment pourrez-vous m'aider ? Vous êtes morts !

– Nous avons des amis, dit-elle. Je vous suis depuis quelque temps, je sais que vous tentez de sauver la Quatrième Création. J'ai entendu parler de vous, vous êtes le prince aux six orteils. Je croyais que vous n'étiez qu'une légende. Nous vous viendrons en aide si vous ne nous faites aucun mal.

– Et qu'est-ce qui me prouve que vous dites vrai ?

Le plus calmement du monde, la femme lui répondit :

– Je vous l'assure. Vous avez ma parole…

Ce ton, à la fois doux et confiant, rappelait celui de dame Zac-Kuk, la mère de Pakkal. Même lorsque la situation était grave, sa voix savait rassurer. Cette voix fut comme une musique à ses oreilles et il ressentit une vague de chaleur emplir sa poitrine.

L'homme grassouillet profita de l'émoi de Chini'k Nabaaj pour s'enfuir.

Plus sa rage diminuait, moins Chini'k Nabaaj était capable de voir les *sak nik nahal*. À la fin de sa transformation, ils étaient entièrement disparus. Les rayons du soleil bleu redevinrent brûlants et le prince revêtit le grand carré d'étoffe qui lui servait à se protéger.

En retirant la dent de furet du lobe de son oreille, il lui fut possible de continuer à discuter avec la *sak nik nahal*. Sachant à quoi elle ressemblait, c'était plus aisé.

– Que se passe-t-il donc? demanda la femme. Pourquoi tout ce dépérissement soudain? Vous semblez en savoir beaucoup sur l'état des choses. Les rumeurs qui courent sont fort contradictoires.

Pakkal lui résuma les menaces qui planaient sur la Quatrième Création.

– Je vous promets de vous aider. Je suis sûre que l'un d'entre nous sait où ce trouve cet œuf hors du commun.

Pakkal fut surpris par cette offre. Il croyait que tous les *sak nik nahal* étaient des êtres torturés qui n'avaient aucun sens de l'entraide. Il se demanda s'il n'était pas victime d'une autre tromperie. Il voulut en savoir plus sur cette collaboratrice. Il demanda :

– Pourquoi êtes-vous une *sak nik nahal* ? demanda-t-il. Pourquoi n'avez-vous pas pris le chemin de Xibalbà ?

– J'ai entrepris une recherche, répondit-elle.

– Que cherchez-vous ?

Il y eut un silence que Pakkal ne voulut pas prolonger. Il reposa sa question :

– Que cherchez-vous ?

– Je cherche mes enfants. On me les a enlevés.

– Qui vous les a enlevés ?

– Je l'ignore. Je les entends pleurer parfois et j'aimerais tant les consoler.

Pakkal, ému, voulut lui dire qu'il allait l'aider à les retrouver, puis il se ravisa. Dans les circonstances, même si cette *sak nik nahal* lui semblait sincère et qu'il aurait aimé l'aider, la chose lui paraissait irréaliste : il avait trop à faire.

La dame lui dit qu'elle entrerait en contact avec lui dès qu'elle saurait où se trouvait l'œuf à la coquille de jade. Pakkal la remercia et partit rejoindre Yaloum.

Chemin faisant, il songea qu'il n'entendrait probablement plus jamais parler d'elle. Avant qu'il ne fasse un mauvais quartier au *sak nik nahal* qui l'avait floué, elle l'avait interpellé, puis avait exploité ses faiblesses. C'était rusé de sa part et il était tombé dans le panneau.

Il trouva Yaloum assise par terre, le dos à un arbre, mangeant une tortilla.

– Je commençais à m'inquiéter. Vous en voulez ?

Elle lui tendit le morceau qu'il lui restait. Pakkal le refusa. Depuis qu'il était redevenu lui-même, il se sentait fatigué et il avait la nausée. Il s'assit à côté de Yaloum et il lui parla de sa rencontre en évitant de lui dire tout ce qui s'était passé :

– J'ai parlé avec une *sak nik nahal* désireuse de nous venir en aide pour trouver l'œuf.

Yaloum cessa de manger. Le prince sentit qu'elle était réticente.

– Elle vous a dit son nom ?

– Non. Mais elle a été très gentille.

– Beaucoup sont très gentils au premier abord. Mais les *sak nik nahal* sont dangereux, prince Pakkal. Rares sont ceux en qui nous pouvons avoir confiance. Bien qu'ils vivent dans le même monde que nous, leur univers et leurs rapports sont très différents des nôtres.

Yaloum prit une bouchée de tortilla.

– Je ne lui ai rien promis, répliqua Pakkal. C'est elle qui m'a offert sa collaboration.

– Vous en savez plus sur elle ?

Pakkal faillit commettre l'erreur de la décrire. S'il l'avait fait, Yaloum lui aurait demandé comment il avait fait pour la voir.

– Elle m'a dit qu'on lui avait enlevé ses enfants.

– Ses enfants ? A-t-elle mentionné qu'elle les entendait pleurer parfois ?

– Oui, effectivement. Vous la connaissez ?

Yaloum avala sa bouchée et dit :

– Très bien. Trop bien, même.

Le *Ooken* déplaçait des rangées de pots de toutes les formes et de toutes les dimensions, comme pour accentuer le désordre de sa demeure.

– Tu dois zavoir que mes trois dernières tentatives ont ézhoué.

– Celle-ci va fonctionner, dit Zenkà.

– Z'aime ta confianze, mais zela ne zera pas zuffizant. Il faut beaucoup pluz que za.

– Dites-moi ce qu'il vous faut et je le trouverai.

– Je zherze une zhose qui ne ze contrôle pas. Zi elle est rare dans le Monde intermédiaire, ze l'est encore plus izi : la zhance.

– J'ai toujours été très chanceux.

Le lilliterreux parut trouver enfin ce qu'il cherchait. Il s'empara d'un petit pot en terre cuite entouré d'une corde et le contempla.

– Ze m'étais dit que ze n'allais plus zamais ouvrir ze rézipient.

– Que s'est-il passé ? demanda Zenkà, avec une sorte d'indifférence, comme si la réponse ne l'intéressait pas.

Le *Ooken* dénoua la corde et retira le couvercle du pot. Il y enfouit sa petite main poussiéreuse et en ressortit une graine rose de forme ovale.

– Zi ze te dis ze qu'il z'est pazzé, tu ne voudras plus te lanzer dans zette aventure.

Zenkà était reconnu pour son courage. Ce n'était pas des airs qu'il se donnait, rien ne lui faisait peur. Cependant, les propos du lilliterreux lui firent mauvais effet. Sans conviction, il lui dit :

– Rien de ce que vous allez me dire ne me fera changer d'avis.

Le lilliterreux posa la graine sur sa

langue en la repoussant du bout du doigt contre sa joue. Il émit ensuite un profond soupir comme si ce qu'il allait dire exigeait de lui des efforts considérables.

– À prézent, raconte-moi ta mort.

Le guerrier de Kutilon fut parcouru de frissons. Lui revint en mémoire le martyre qu'Ah Puch lui avait fait subir. Il ressentait encore dans sa chair les douloureuses blessures que Muan, le serviteur du dieu de la Mort, lui avait infligées en lui déchirant la peau.

– J'ai été massacré par une bête du Monde inférieur, dit-il.

– Vraiment? Laquelle? Un de zes chauveyaz?

– Non, Muan.

Le lilliterreux parut impressionné.

– Tu es donc quelqu'un d'important. Z'est un privilèze d'être torturé par Muan.

– Un privilège dont je me serais passé, répliqua Zenkà.

Xol, toujours étendu sur la table en pierre, émit un gémissement. Le lilliterreux souleva une de ses paupières, puis remit de la boue sur ses blessures.

– Et ton corps, zais-tu à quoi il rezzemble maintenant ? Tu as été mazzacré, non ?

Zenkà n'avait pas revu son corps, mais il devait être en très piteux état. Pour un guerrier aussi fier qu'il l'était, il n'était pas aisé d'avouer qu'il avait perdu non seulement la bataille mais aussi la guerre.

– Oui, c'est exact, j'ai été massacré. Il ne m'a laissé aucune chance.

– Et ze corps, il est encore fonczionel ?

– Fonctionnel ?

– Tu crois qu'il pourrait marzher à nouveau zi on le réanimait ?

La question déboussola Zenkà.

– Peut-être.

Le lilliterreux continuait à donner des soins à Xol.

– Ze vais t'expliquer ze qu'il va ze passer.

Il sortit la graine de sa bouche. Elle avait changé de couleur, elle était passée du rose pâle au rouge.

– Il faut retrouver ton corps. Z'est une mizzion impozzible, même pour quelqu'un qui a beaucoup de volonté.

– Je sais, dit-il.

Il prit la graine entre deux de ses doigts et la montra au guerrier.

– Zezi va te permettre de retrouver ton corps.

– Comment?

– Elle va te permettre de réintégrer ton corps où qu'il zoit.

– Vous voulez dire que je vais me réincarner?

– Oui, exzactement. Les rizques zont grands. S'il a dézà été dévoré, ze sera impozzible et ze ne zais pas ze qu'il adviendra après. Ze doute que ze soit agréable.

– C'est ce qui s'est produit les dernières fois?

– Entre autres, fit le lilliterreux.

– Entre autres? répéta Zenkà. Que pourrait-il m'arriver de plus?

– Avant de réintégrer ton corps, ze devrai

effectuer zur toi une petite opération.

– Quel genre d'opération ?

Ils furent interrompus par la voix de Pak'Zil qui les appelait de l'extérieur.

– Vous avez bientôt terminé ? Il y a des bruits bizarres, ici. J'ai hâte de quitter ce trou puant.

– Ze trou puant est la maizon que z'habite, dit le lilliterreux. Ze te prie d'être poli zi tu ne veux pas pazzer le rezte de ta vie à te gratter.

Pak'Zil n'osa pas insister.

– Il me faut implanter zezi dans ta tête, dit-il en se tournant vers Zenkà.

Celui-ci observa la petite graine rouge avec intérêt.

– Et ensuite, que se passera-t-il ?

– Après, zi ton corps est dans zune pozition avantageuze, tu te réveilleras dedans. Il te faudra alors revenir izi. Zi tes zambes ont été coupées ou zi tu n'as plus d'yeux, par exemple, ce sera plus zardu.

– Est-ce que je peux apporter la carte avec moi ?

– Non. Zeul ton *zak nik nahal* zera transpozé.

– Comment vais-je faire pour m'orienter ?

– Ze zera ton problème, pas le mien.

Zenkà réfléchit à l'épreuve qui l'attendait. Était-il prêt à courir ces risques ? Il se dit que oui, sans hésitation. Il contemplait la graine rouge avec intérêt.

– Et comment allez-vous procéder pour mettre cette graine dans ma tête ?

Le *Ooken* tira un long couteau d'obsidienne d'un fourreau en cuir qui était fixé au mur.

– Avec zezi.

Zenkà regarda la lame, puis le *Ooken*, et dit :

– C'est très drôle !

Il s'attendait à ce que lilliterreux rigole avec lui, mais il comprit assez rapidement qu'il ne s'agissait pas d'une plaisanterie.

– Qu'avez-vous l'intention de couper avec cette arme ?

– Ze ne couperai rien, ze t'assure.

Le petit homme fit une pause, puis demanda :

– Alors, avec tout ce que ze viens de dire, es-tu touzours prêt à tenter l'expérienze ?

.

Pakkal voulait en savoir davantage sur cette *sak nik nahal* qui lui avait offert son aide pour retrouver l'œuf à la coquille de jade. Il insista auprès de Yaloum :

– Elle m'a paru très gentille. Et elle m'a fait pitié aussi d'avoir perdu ses enfants.

– Gentille... Je ne sais pas si elle l'est vraiment. Elle me suit depuis très longtemps, depuis que je suis adolescente. C'est un des premiers *sak nik nahal* avec qui j'ai discuté.

– Donc vous la connaissez bien ?

– Personne ne peut prétendre bien connaître un *sak nik nahal*. Ils gardent toujours une part de mystère. On ne sait jamais s'ils sont sérieux ou s'ils nous entraînent dans un guet-apens. Certains font des promesses qu'ils tiennent tandis que d'autres n'en font que pour nous amadouer ou nous flouer.

– S'ils sont si malhonnêtes, pourquoi les aider à retrouver le chemin qui les mènera à Xibalbà ?

– Parce que les *sak nik nahal* souffrent. C'est pour cette raison qu'il ne faut pas leur en vouloir. Ils n'ont pas toute leur tête.

Yaloum se releva et sortit de sa sacoche ce qui ressemblait à des feuilles sèches mais rigides. Elle les mit dans la bouche de la sauterelle géante qui les engloutit aussitôt.

– Je ne connais même pas son nom, dit-elle. C'est avec elle que j'ai appris la raison pour laquelle les *sak nik nahal* rôdent dans le Monde intermédiaire.

Yaloum remit la main dans sa sacoche et s'aperçut qu'elle était vide. Elle leva la tête vers le ciel et dit :

– Si les choses ne se règlent pas rapidement, il ne restera plus rien à manger et nous allons mourir de faim.

Pakkal se dit qu'il devait se remettre au boulot. Ce n'était pas en restant assis à ne rien faire qu'il allait trouver ce qu'il cherchait.

– Beaucoup de *sak nik nahal* veulent quitter leur univers, mais ils ont peur des Gouverneurs.

– Qui sont les Gouverneurs ?

– Un regroupement de *sak nik nahal* qui se plaisent à terroriser les vivants. Ils entretiennent une vive rancœur envers tous les habitants du Monde intermédiaire. Je me suis frottée à eux à quelques reprises et je l'ai échappé belle chaque fois. Ils n'aiment pas que l'on tente de sauver leurs semblables. Ils préfèrent les garder sous leur joug.

La sauterelle géante fit un mouvement brusque, comme si elle avait eu peur. Yaloum lui caressa le dos.

– Pendant plusieurs mois, j'ai aidé la femme que tu as rencontrée à chercher ses enfants, mais sans résultat. Elle me disait qu'ils étaient disparus et qu'elle les entendait souvent pleurer, comme si on leur faisait du mal. J'étais touchée, évidemment.

– C'est émouvant, fit Pakkal.

– Oui, vous avez raison, elle est douce et on perçoit de la sincérité dans sa voix. À l'époque, je ne savais pas que le plus troublant ne m'avait pas encore été révélé.

Yaloum remit sa sacoche sur la sauterelle.

– J'ai reçu beaucoup de messages de *sak nik nahal* affirmant que mes recherches étaient vaines, qu'elle me faisait perdre mon temps. Je ne les ai pas écoutés.

– Vous auriez dû ? demanda le prince.

– Oui. Mes recherches m'ont menée jusqu'à son village natal, là où j'ai appris ce qui s'était véritablement passé.

Elle enfourcha la sauterelle en ajoutant :

– Poursuivons nos recherches.

Pakkal approuva de la tête. Il trouva Loraz qui dormait non loin de là. Il réveilla la mygale géante en flattant une de ses pattes, puis sauta sur elle. Tout en fouillant la forêt des yeux, il se demanda ce que sa partenaire de route avait découvert dans ce village. Comme si elle avait lu dans ses pensées, elle poursuivit :

– Dès que j'ai parlé de cette femme aux premiers habitants que j'ai rencontrés, j'ai constaté que j'allais réveiller de vieux démons. Au début, on a réagi avec agressivité à mes questions, à un point où j'ai craint pour ma vie. C'était avant que je ne rencontre mon beau Ek'Cal. On m'a dirigée vers une hutte habitée par un très vieil homme. On m'a dit qu'il allait pouvoir m'en apprendre un peu plus.

Elle pointa du doigt un nid dans un arbre.

– Regardez.

– Il n'a pas l'air abandonné, dit le prince.

– Moi, je trouve que oui, dit Yaloum. Pouvez-vous courir le risque de passer à côté sans vérifier ?

Pakkal mit pied à terre et grimpa dans l'arbre. Le nid avait effectivement été déserté, mais il était vide.

Yaloum poursuivit son récit :

– Le vieil homme ne pouvait plus marcher et il était aveugle. On prétendait au village qu'il avait 100 ans et qu'il était devenu éternel quand il était parvenu à échapper à Ah Puch.

– Personne n'est éternel, répliqua Pakkal.

– Eh bien, moi, depuis que je l'ai rencontré, je crois qu'il l'est ! Il ne mourra jamais.

Selon lui, à plusieurs reprises, Ah Puch avait tenté de l'entraîner dans le Monde inférieur. Mais il avait su résister parce que, disait-il, il avait trouvé un moyen infaillible pour le repousser.

– Lequel ? demanda le prince.

– Je l'ignore. Peut-être aujourd'hui est-il encore vivant ?

Yaloum fit une pause pour réfléchir.

– Il aurait aujourd'hui 130 ans, dit-elle.

– C'est très vieux. Quel est donc son rapport avec la *sak nik nahal* qui cherche ses enfants ?

– Un rapport très étroit. Il est son fils.

– Il a pu vous raconter l'histoire de sa mère ?

– Oui. Je lui ai dit qu'elle cherchait ses enfants, qu'elle les entendait pleurer. Lorsque je lui ai demandé s'il en connaissait la raison, il m'a dit que sa mère venait parfois le visiter dans ses rêves, mais qu'il refusait toujours de lui parler.

Pakkal était suspendu à ses lèvres. Il venait d'apercevoir un nouveau nid, mais préféra attendre la fin de l'histoire avant d'y grimper.

— Le vieil homme m'a montré une cicatrice qu'il avait au bras. Sa mère lui avait infligé cette blessure des dizaines d'années auparavant, une blessure qui continuait à le faire souffrir comme si la plaie était encore à vif.

— Il vous a dit ce qui s'était passé ?

— Oui, je l'ai su. C'est à partir de ce moment que j'ai cessé toutes mes recherches.

— Pourquoi ?

— Le vieil homme était le seul survivant d'un drame horrible. Sa mère, dans un accès de folie, avait tué cinq de ses enfants. Cela explique pourquoi elle est encore aujourd'hui aussi perturbée.

Pakkal resta immobile pendant quelques instants. Puis, sans dire un mot, il grimpa dans l'arbre qu'il avait devant lui.

∴

Zenkà ne pouvait détacher ses yeux de la lame du couteau d'obsidienne que le *Ooken* tenait devant lui.

– Alors ? redemanda le lilliterreux. Partant ou non ? Ze ne veux pas perdre mon temps.

– Avant, dites-moi une chose. Le processus pour réintégrer mon corps sera-t-il souffrant ?

– Quelle queztion ! Bien zûr qu'il zera zouffrant. Ze dois perzer un trou en plein milieu de ton front avec zette arme. Tu crois que tu ne zentiras rien ?

Zenkà ne savait que dire. Le lilliterreux poursuivit :

– Z'est une opération délicate. Ze dois aller porter la graine en plein milieu de ton zerveau. Zi ze me trompe un peu, z'en est fait de toi.

Le guerrier de Kutilon fit le vide dans son esprit. Il ne devait pas penser à ce qui l'attendait. Il devait foncer, il devait retrouver son corps, réintégrer le Monde intermédiaire et aider Pakkal à vaincre Ah Puch et ses sbires.

– Je suis prêt, dit-il.

– Parfait, dit le lilliterreux. Couzhe-toi zur le zol. Et ferme les yeux.

Zenkà trouva que c'était trop vite.

– Maintenant ?

– Tu as peut-être du temps à perdre ? Pas moi.

Zenkà regarda les feuilles d'écorce qui jonchaient le sol.

– Ici ? Sur vos parchemins et vos documents ?

– Ce ne sont pas mes documents. C'est mon tapis. Je recycle.

Le guerrier s'allongea sur le plancher. Le lilliterreux rangea le couteau dans son fourreau.

– Je croyais que c'était avec cette arme que vous alliez m'opérer.

– Non, ze n'est pas zelle-là, répondit le *Ooken*. En fait, il n'y en a pas. Je t'ai menti. Z'ai tenté de te dissuader, mais t'es un dur. Rien ne zemble t'effrayer.

– Alors, il n'y aura pas de trou dans ma tête ?

– Non, pas du tout.

– Est-ce que vous me mentez encore ?

– Non. Mais ze peux te faire un trou zi ça te fait plaizir.

– Je n'y tiens pas, dit Zenkà, soulagé à l'idée qu'il n'aurait finalement pas à se faire ouvrir le crâne avec un couteau d'obsidienne. Il ne l'avait pas laissé voir, mais le lilliterreux lui avait flanqué une frousse qu'il n'était pas prêt d'oublier.

Le lilliterreux tendit la graine à Zenkà.

– Z'est peut-être la dernière fois que l'on ze voit. Je vais te demander de pozer cette graine zous ta langue. Tu zeras alors tranzporté de ce corps à celui que tu avais dans le Monde intermédiaire. Tu auras toujours la zenzation d'avoir la graine dans ta bouzhe et elle y zera. Il ne faut pas l'enlever. Zi tu la perds, za ne fonctionnera pas. Ze dois parvenir à rétablir le lien entre ton *zak nik nahal* et le corps que tu avais en haut. Lorzque tu reviendras izi, tu devras toi-même faire pazzer la graine de ta bouzhe à zelle du corps que tu occupes prézentement. Tu me zuis ?

– Oui, fit Zenkà. Et après ?

– Z'il y a un après. Ze doute fortement que tu réuzzizzes.

– Je réussirai.

– Il est touzours temps de reculer.

Zenkà regarda la graine posée dans la paume de sa main et la mit sous la langue.

– C'est un départ, dit-il.

Zenkà ferma les yeux. Puis il attendit. Rien ne se passa. Il rouvrit les yeux. Il était encore dans la demeure du *Ooken* qui le regardait fixement.

– Il ne se passe rien, dit le guerrier.

– Vraiment ? Ze-ne m'en étais pas rendu compte.

– Combien de temps vais-je devoir rester...

C'est alors que Zenkà sentit la graine qu'il tenait dans sa bouche prendre de l'expansion. Il voulut la retirer en raison du malaise qu'elle lui causait, mais il n'y arriva pas parce qu'elle était collée à la paroi interne de sa joue. En mettant les doigts dans sa bouche, il se rendit compte que des racines grandissaient rapidement et s'enfonçaient dans sa gorge tandis que d'autres s'insinuaient dans son nez. Il paniqua.

Il se releva prestement en faisant de grands gestes, fit signe au *Ooken* qu'il avait besoin d'aide.

– Ze zuis dézolé, dit le lilliterreux. Il est trop tard à prézent. Z'est toi qui as dézidé d'aller de l'avant.

Les racines de la graine parcouraient maintenant son œsophage et poursuivaient leur chemin en direction de l'estomac. Zenkà souffrait également d'un fulgurant mal de tête. Il avait l'impression que les racines s'infiltraient dans tous les recoins de son corps.

Il se plia en deux, aux prises avec un mal de ventre épouvantable. Il poussa un cri de douleur.

Puis, tout devint noir autour de lui. Il eut l'horrible impression d'être aspiré vers le sol à une vitesse vertigineuse. Ça allait si vite qu'il ne parvenait plus à respirer. La chute lui parut interminable.

Tout s'arrêta aussi rapidement que ça avait commencé. Il ouvrit les yeux, mais il ne vit rien. Il sentait que l'on comprimait sa poitrine. Il sentit la graine dans sa bouche.

C'est alors qu'il constata qu'il avait réintégré son corps.

...

Les recherches se poursuivaient pour Pakkal et Yaloum. Malheureusement, elles n'avaient toujours pas permis de découvrir l'œuf à la coquille de jade. Car tous les nids qu'ils visitaient semblaient abandonnés en raison des rayons bleus du soleil qui tuait à petit feu toute vie du Monde intermédiaire.

L'enthousiasme de Pakkal s'effritait d'arbre en arbre. Il avait chaud, il était exténué. Et il n'avait guère d'espoir de mettre la main à temps sur ce qu'il cherchait. Pourquoi Xantac ne lui avait-il pas dit où se trouvait l'œuf? Parce qu'il voulait encore lui faire vivre une épreuve qui le « ferait grandir »? Pakkal était en colère contre son maître.

Il grimpa encore à quelques arbres, visita d'autres nids. En vain. Fâché, il retira une des dents de furet du lobe de son oreille.

– Xantac? Êtes-vous là?

– Il n'est pas là, lui murmura Yaloum.

– Comment le savez-vous? répondit le prince. Peut-être nous suit-il? Peut-être veut-il s'assurer que je ne vais pas abandonner?

Peut-être veut-il encore me mettre à l'épreuve et vérifier si j'aurai un jour la force de caractère pour devenir roi de Palenque ? Pourquoi ne m'a-t-il pas dit où se trouvait l'œuf ?

Yaloum tenta de le calmer.

– Ce n'est dans l'intérêt de personne de vous cacher une information aussi primordiale. Xantac ne sait pas où il est, j'en suis persuadée. Les *sak nik nahal* n'ont pas la science infuse.

Pakkal, excédé par la fatigue et la chaleur, frustré de ne pas avoir trouvé l'œuf, n'en crut pas un mot. Il était persuadé que son maître savait où trouver l'œuf, mais qu'il refusait de l'en informer.

– Xantac ? répéta-t-il. Êtes-vous là ?

Il n'y eut pas de réponse à sa question. En fait, il n'entendait plus aucune voix. Il le fit remarquer à Yaloum qui lui répondit :

– Effectivement, je n'entends plus de voix depuis un moment. C'est un phénomène rare, mais pas inhabituel. Nous sommes dans la forêt profonde, il est normal que les *sak nik nahal* se fassent plus discrets.

Cependant, Pakkal ne décolérait pas.

S'il ne parvenait pas à trouver l'œuf, le Monde intermédiaire serait détruit et on l'en tiendrait responsable. Mais, se disait-il avec amertume, il n'y aurait plus personne pour le blâmer.

– Continuons, dit Yaloum.

– Non, arrêtons-nous, fit Pakkal. Je n'en peux plus.

– Il faut continuer, prince. Xantac a dit que l'œuf était près d'ici. Il est peut-être dans le prochain arbre que vous allez escalader. Il ne faut pas abandonner.

« Elle a raison, se dit Pakkal. Ma colère contre Xantac est injustifiée. Si mon maître avait su où se trouve l'œuf, il me l'aurait dit. Le soleil bleu me fait perdre la tête. »

– Avant de poursuivre nos recherches, j'ai besoin de boire, dit-il à Yaloum. J'ai soif.

Yaloum lui tendit sa gourde. Mais il ne restait plus suffisamment d'eau pour étancher sa soif. Ils se mirent en quête d'un cours d'eau qu'ils trouvèrent non loin de là.

Le prince aperçut des poissons morts sur le rivage. Il se pencha et, en formant un récipient avec ses deux mains, amena de l'eau à sa bouche. Il la recracha aussitôt.

– Que se passe-t-il? demanda Yaloum qui remplissait sa gourde.

– Cette eau est imbuvable!

Yaloum ne sentait pourtant aucune odeur suspecte. Elle prit une gorgée et réagit comme Pakkal.

– C'est horrible! fit-elle.

L'eau était infecte et goûtait la pourriture.

Même avec la meilleure volonté du monde, Pakkal ne pouvait avaler ça. Il réessaya, mais eut un haut-le-cœur.

Pour la première fois, Yaloum manifesta de l'inquiétude.

– Qu'allons-nous faire? demanda-t-elle.

– Il faut trouver un cours d'eau qui n'a pas été exposé aux rayons du soleil bleu, répondit le prince.

C'est alors que Pakkal entendit une voix qui n'était pas celle de sa camarade de recherche. On l'appelait :

– Prince aux 12 orteils?

Pakkal regarda autour de lui et ne vit personne.

– Vous avez entendu? lui demanda Yaloum. Je crois que c'est elle.

– Elle? De qui parlez-vous?

– Prince aux 12 orteils... Je sais où se trouve l'œuf à la coquille de jade.

C'était la *sak nik nahal* qui cherchait ses enfants!

– Je vous entends, dit-il.

– Suivez-moi, dit la voix.

Pakkal regarda Yaloum. Elle semblait hésitante.

– Je ne crois pas que ce soit une bonne idée.

– Pourquoi pas? Et si elle disait vrai?

– Je sais où se trouve l'œuf à la coquille de jade, insista la voix.

– Dites-moi où il se trouve, ordonna le prince.

– Vous devez me suivre.

Pakkal dit à Yaloum :

– Pouvons-nous passer à côté de cette occasion ? La *sak nik nahal* sait peut-être vraiment où se trouve l'œuf...

– Et si elle n'agissait ainsi que pour attirer votre attention ?

– Qu'avons-nous à perdre ?

Yaloum céda en soupirant.

– D'accord, allons-y.

Énergisé par cet espoir, Pakkal n'avait plus soif. Il enfourcha Loraz et suivit la voix de la *sak nik nahal*. Elle les guida jusqu'à un arbre qui n'avait rien de différent de tous les autres. Au sommet trônait effectivement un nid qui semblait abandonné.

– C'est ici, déclara la voix.

Sans mot dire, Pakkal se mit à grimper. Arrivé au sommet de l'arbre, il trouva un nid dans lequel il y avait effectivement un œuf à la coquille de jade.

– Il est là ! cria-t-il. Nous l'avons enfin trouvé !

Mais sa joie fut de courte durée. Il entendit alors la *sak nik nahal* hurler :

– C'est lui qui a tué mes enfants! C'est lui, l'assassin!

Interloqué, Pakkal chercha Yaloum des yeux et ne la trouva pas. Il vit la sauterelle géante s'agiter tandis que Loraz tirait également sur son collier, comme si on l'avait effrayée.

– Pakkal! hurla la voix de Yaloum. Descendez!

.
....

Dès que Zenkà tenta de bouger, il ressentit une vive douleur. Ses articulations étaient rigides et probablement enflammées, comme si elles étaient faites de tisons ardents. Il lui fallut déployer d'immenses efforts pour ne pas crier.

Il eut du mal à ouvrir les yeux. Un voile opaque brouillait sa vue, il ne percevait que des ombres bleutées.

Ses souffrances étaient telles qu'il n'arrivait pas à se redresser. Il décida de procéder graduellement, remua lentement les phalanges des doigts et des orteils, puis passa aux poignets, aux chevilles, aux genoux, aux coudes et enfin au cou. Ces exercices d'étirement, aussi pénibles fussent-ils, donnaient des résultats : les douleurs semblaient s'estomper.

Sa vision redevint plus claire aussi. Il se rendit compte que son corps était sur une surface plate et que, par-dessus lui, un autre corps lui comprimait la poitrine.

Il s'aperçut bientôt qu'il était sourd. Au début, il crut que la pièce était silencieuse, mais il ne s'entendait même pas respirer. Réflexion faite, il préférait avoir perdu l'ouïe que la vue.

Avant de tenter de se relever, Zenkà s'assura que la voie était libre. Il devait éviter une rencontre fortuite qui mettrait fin abruptement à son escapade. Il tourna prudemment la tête. Son cou craqua. Il reposa sa tête immédiatement lorsqu'il vit des chauveyas s'approcher en le frôlant de leurs ailes.

Ces bêtes affreuses, mi-hommes, mi-chauve-souris, se posèrent sur le corps qui reposait au-dessus de lui, lui arrachèrent les bras et les jambes, et retournèrent au sol pour les dévorer. Zenkà constata que les bras, sans doute ceux d'un Maya, étaient couverts de tatouages.

Zenkà continua à faire le mort. Il avait réintégré son corps au bon moment, se dit-il, ne restait maintenant qu'à quitter ces lieux et à échapper à ces créatures malveillantes. Avec un peu de chance, il allait pouvoir s'enfuir dès qu'elles auraient terminé leur carnage.

Mais deux autres chauveyas apparurent. Le premier s'empara de l'une des chevilles de Zenkà et la tira avec force. Zenkà se redressa promptement et donna un coup de pied sur sa poitrine.

La surprise fut de taille. Les chauveyas qui dévoraient leurs restes abandonnèrent leur repas. Zenkà se remit sur ses pieds et vit plusieurs lances abandonnées près d'un rocher. Il perdit l'équilibre et chuta sur les genoux. Il lui fallut quelques tentatives avant de se remettre sur pied.

L'étape de stupéfaction passée, les chauveyas semblaient se demander comment réagir. Ils n'avaient sans doute jamais vu un de leur «repas» reprendre vie et se remettre sur ses jambes. C'était pour eux une curiosité de regarder cet homme qu'ils avaient cru mort tenter de s'emparer d'une lance pour la projeter dans leur direction. Ils ne réagirent que lorsque l'un d'eux reçut la suivante en plein cœur. Ils le regardèrent essayer de la retirer avant de s'abattre lourdement comme un arbre qu'on venait de couper. Voyant que leur nourriture venait de tuer l'un des leurs, ils bondirent dans sa direction.

Zenkà le savait, pour sortir de là vivant, il devait éliminer les chauveyas. La première lance qu'il avait projeté avait raté sa cible. Ses muscles et ses articulations douloureuses avaient perdu de leur souplesse. Mais la seconde atteignit son but. Sa dextérité lui revenait et il en fut heureux. Comme les chauveyas s'apprêtaient à contre-attaquer, il s'empara d'une autre lance et visa. Un autre chauveyas tomba. Il n'en restait plus que deux.

C'est alors qu'un chauveyas vola dans sa direction. Zenkà se retourna à temps pour l'empêcher de l'agripper. Il lui donna un coup de lance que le soldat de Xibalbà parvint à esquiver. Zenkà ressentit une vive douleur au dos. La bête en avait profité pour le mordre.

Zenkà voulut répliquer en lui plantant la lance dans la gorge. Il s'attendait à une attaque de la dernière bête, mais elle semblait avoir profité de l'issue du combat pour disparaître.

S'appuyant sur la lance qu'il avait à la main, parce que ses genoux le faisaient terriblement souffrir, le guerrier de Kutilon se releva péniblement. Il devait maintenant retourner à la demeure du *Ooken*. Toutefois, le petit homme de terre ne lui avait pas dit comment s'y prendre.

Il examina les lieux. Autour de lui, ce n'était que désolation. La caverne où il se trouvait était jonchée de restes humains. Partout où il posait le regard, il n'y avait que des cadavres à moitié dévorés. Rien pour le rassurer.

Il avança en s'appuyant sur des parois rocheuses suintantes d'humidité. Sa surdité l'incitait à se retourner sans cesse pour s'assurer qu'il n'était pas menacé par un assaillant.

Il passa par une succession de longs couloirs étroits qui menaient à des pièces qui débouchaient sur d'autres couloirs. À deux reprises, il dut rebrousser chemin pour éviter une horde de chauveyas.

Il marcha longtemps, toujours à l'affût d'embûches éventuelles, avec la désagréable impression de tourner en rond. Les grottes dans lesquelles il pénétrait se ressemblaient toutes, de même que les interminables couloirs qui y donnaient accès. Il décida de laisser sa lance traîner derrière lui afin de laisser une trace sur la terre poussiéreuse.

Il n'avait ni faim ni soif, bien que sa bouche fût très sèche. Il sentait la graine contre sa joue, cette graine miraculeuse qui lui avait permis de se réintroduire dans son corps. Même si ses mouvements manquaient de fluidité, rien ne l'incommodait plus que l'idée de ne pas pouvoir sortir de ces lieux et de retrouver le *Ooken*.

Il pénétra dans une grotte où un liquide verdâtre stagnait et pensa à s'y arrêter pour se mirer. Il décrocha une torche de feu bleu, l'approcha de son visage et se pencha pour l'apercevoir. Il eut un mouvement de recul. L'image que lui renvoyait la mare était-elle bien la sienne? Il s'approcha de nouveau. Une grande partie de son visage était noire et de larges lambeaux de peau arrachés laissaient voir des morceaux de son crâne. Il ne lui restait plus que quelques touffes de cheveux et son nez était partiellement mutilé, comme s'il avait été grugé par les dents d'un animal. Il ne se reconnaissait pas.

Il observa avec plus d'attention le reste de son corps. Toutes les blessures que Muan lui avait infligées étaient encore visibles, mais elles étaient infestées par des insectes longs et gluants.

Zenkà n'arrivait pas à croire qu'il était un mort-vivant. Il était méconnaissable. Était-ce bien sous cet aspect-là qu'il allait retourner dans le Monde intermédiaire ? Si c'était le cas, il n'était plus sûr du tout de vouloir poursuivre l'aventure. On lui avait souvent dit qu'il était beau et qu'il avait le don de viser juste, c'était une de ses fiertés.

Il observa de nouveau son reflet. Il n'y avait qu'un mot pour qualifier son visage : horrible. Alors que penché sur cette image qui le remplissait d'horreur, il vit tout à coup la surface de la mare se brouiller, se couvrir de vaguelettes et s'ouvrir pour laisser passer ce qui lui parut être une étrange créature.

·
—

Alors qu'il était au sommet de l'arbre, à quelques mètres de l'œuf à la coquille de jade, plus bas, c'était la panique. Il ne vit pas

Yaloum, mais la *sak nik nahal* qui les avait menés au nid continuait de dire en hurlant qu'il avait tué ses enfants.

– Que se passe-t-il ? demanda le prince.

– Les Gouverneurs, répondit-elle. Ils approchent ! C'est un piège !

Pakkal tendit le bras. Hélas, impossible d'atteindre l'œuf, la branche était trop éloignée du nid. Il l'avait choisie parce qu'elle semblait la plus solide pour s'y tenir accroupi, mais il avait des doutes sur les informations que la *sak nik nahal* lui avait fournies. Il lui faudrait atteindre l'autre branche, celle qui soutenait le nid. Il pensa redescendre, mais le temps pressait. Ne lui restait qu'une option fort risquée : sauter.

– Prince Pakkal ! Vite, il faut nous en aller !

C'était la voix de Yaloum.

Pas question pour Pakkal de partir sans l'œuf. La dernière fois qu'il avait tenté un pareil saut, la branche avait cassé sous son poids. Mais puisque les singes le faisaient, pourquoi pas lui ? Ça s'était terminé plutôt bien dans les circonstances : une chute amortie par un tas de feuilles mortes, des égratignures et une énorme ecchymose dans le bas du dos.

Le prince entendit la *sak nik nahal* l'accuser une autre fois :

– C'est lui ! Il est dans l'arbre, dépêchez-vous !

– Je n'ai rien fait de tout cela ! protesta Pakkal.

La sauterelle géante sur laquelle Yaloum était assise fit un bond et disparut. Pakkal se hâta.

Il fixa la branche et estima la force qu'il devait déployer pour l'atteindre. Toutefois, en sautant, il pila sur l'étoffe qu'il portait et perdit pied. Par chance, il mit la main sur une branche et put s'y agripper. Il reprit son élan, lissa son vêtement, bondit de nouveau et atterrit au bon endroit.

Plus que deux enjambées et il pourrait mettre la main sur l'œuf. La première fut aisée, la seconde plus difficile parce qu'il n'arrivait pas à trouver un appui. En se haussant sur la pointe des pieds, en tâtonnant, il parvint à atteindre le nid et à effleurer l'objet tant convoité. Il y toucha du bout des doigts, une phalange de plus et il aurait pu le tenir... Une voix grave arrêta son geste en disant :

– Que fais-tu ici ?

– C'est lui qui a tué mes enfants ! dit la *sak nik nahal*. Je voulais vous aider à le capturer. Il est tout en haut. Voici l'assassin de mes enfants !

– Va-t'en, pauvre folle ! dit la voix. Nous n'avons pas besoin de toi.

L'arbre se mit alors à tanguer, comme si un vent soudain s'était levé, qui le secouait violemment. Pakkal avait du mal à rester en équilibre. Puis il entendit un énorme craquement, l'arbre s'effondrait et Pakkal tomba avec lui. La chute fut désagréable, le prince resta quelques minutes sans bouger, comme étourdi, puis il se tâta : il n'avait rien de cassé. Dans l'enchevêtrement des branches, il ne voyait ni le nid ni l'œuf à la coquille de jade.

Il se mit à quatre pattes et souleva des branches cassées, à la recherche du précieux œuf. Il devait absolument le retrouver. Il était si près du but !

En relevant la tête, il s'aperçut qu'il était entouré d'animaux : des écureuils, des tapirs, des lièvres, des singes et des tatous le fixaient avec des regards vides. Ils avaient tous un air étrangement figé.

– C'est toi qui a osé offenser l'un des nôtres ?

Pakkal se retourna. La voix était toute proche.

– J'ignore de quoi vous parlez, rétorqua le prince.

– Il ment, dit un autre *sak nik nahal*.

Pakkal reconnut la voix du Maya grassouillet qui l'avait poussé dans le repaire du jaguar.

– Soyez prudents, continua-t-il, il peut se transformer en monstre.

Pakkal observa les mammifères qui l'entouraient. Il comprit qu'il s'agissait d'animaux morts dans lesquels des *sak nik nahal* s'étaient réincarnés.

Le prince leva les mains en signe de paix.

– Si tu peux te transformer en monstre, pourquoi ne le fais-tu pas devant les Gouverneurs ?

– Je ne veux pas d'affrontement, dit Pakkal.

– Ce n'est pas à toi de décider !

– Je ne sais pas qui sont les Gouverneurs.

Yaloum lui en avait déjà parlé, mais le prince tentait de gagner du temps avec cette question.

– Nous sommes chargés de venger les *sak nik nahal* qui, du temps de leur vivant, ont subi de graves injustices. Nous avons pour mission de rétablir l'équilibre et de faire de votre univers un lieu où nul ne sera jamais seul, et cela, au plus grand désespoir de ceux qui voudraient l'être. Où que vous soyez, quelqu'un, toujours, vous observera.

Pakkal comprit que les Gouverneurs cultivaient le ressentiment et préféraient faire du surplace tandis que Yaloum, elle, aidait les *sak nik nahal* à avancer. Voilà pourquoi les Gouverneurs ne l'aimaient pas et recherchaient l'affrontement.

Pakkal se présenta et leur exprima la raison de sa présence en ces lieux.

– Ce que tu cherches ne nous intéresse

pas. Tu as attaqué l'un des nôtres et tu dois payer cet affront.

– Il m'a provoqué, se défendit Pakkal.

Les animaux avancèrent vers le prince. Ils étaient tous de petite taille, mais s'ils attaquaient en même temps, ils auraient le dessus sur Pakkal.

– Transforme-toi en monstre, dit le *sak nik nahal* qui semblait être le chef des Gouverneurs. Montre-nous de quel bois tu te chauffes !

Pakkal voulait éviter de devenir Chini'k Nabaaj. Cela n'allait rien régler, au contraire. Il désirait parvenir à un accord sans user de violence.

– Il n'y aura pas de transformation. Je vous demande pardon pour les gestes que j'ai commis à l'endroit d'un des vôtres. Le Monde intermédiaire se meurt. S'il disparaît, vous disparaîtrez avec lui, vous aussi.

Des murmures s'élevèrent autour de lui, ce qui attira son attention sur le nombre de *sak nik nahal* qui le ceinturaient.

– Taisez-vous ! fit la voix grave. Je ne suis pas dupe. J'ai déjà été un Maya en chair et en os comme vous, je sais quels mensonges vous pouvez inventer afin de vous tirer d'embarras.

– Ce n'est pas un mensonge, c'est la stricte vérité. Regardez le soleil. Buluc Chabtan a pris la place de Hunahpù, je dois lui venir en aide. Les jours du Monde intermédiaire sont comptés.

– Ridicule ! trancha le chef. Attaquez-le !

Le premier animal à charger fut un tapir qui parvint à renverser le prince, suivi aussitôt par les autres qui se mirent à le griffer et à le mordre. Lorsqu'il parvint à se relever et à se débarrasser de ses assaillants, il était devenu Chini'k Nabaaj.

Ils étaient en effet plusieurs parmi lesquels il reconnut immédiatement le chef. Il portait un masque représentant un hibou.

Chini'k Nabaaj s'approcha en poussant un cri de colère. Le grassouillet le pointa du doigt :

– Je vous avais dit qu'il se transformait en monstre !

Tous les *sak nik nahal* reculèrent, sauf le chef, qui fit un pas en avant. Chini'k Nabaaj lui fit face et s'apprêta à le frapper. Le chef esquissa un sourire puis, levant les bras, il frappa dans ses mains à plusieurs reprises. Tous les *sak nik nahal* qui l'entouraient se décomposèrent alors en une fumée noire que le chef aspira. Chini'k Nabaaj le vit soudain grandir et grossir à vue d'œil. À la fin du processus, le chef des Gouverneurs était devenu trois fois plus grand que le Hunab Ku du prince et tout aussi musclé que lui.

– À mon tour maintenant, laisse-moi te montrer l'extraordinaire pouvoir des Gouverneurs !

⋮

L'état de santé de Xol ne s'était pas amélioré. Quelques instants après que Zenkà eut réintégré son corps grâce à la graine de *Ooken*, sa respiration se fit bruyante et le Maya fut pris de convulsions. Le lilliterreux voulut lui venir en aide, mais se rendit compte qu'aucune pommade n'aurait pu le secourir.

Pak'Zil, impatient de quitter ces sinistres lieux, regarda dans la demeure du *Ooken*. Il avait entendu les gémissements de Xol. Un de ses yeux fixa le Maya étendu sur la table de pierre.

– Que se passe-t-il ?

Le lilliterreux essayait de dégager les voix respiratoires du blessé.

– Il est en train de mourir.

– Il faut le soigner !

– Bonne idée, fit le *Ooken*. Je n'y avais pas penzé.

Le corps de Xol fut de nouveau secoué par des spasmes. Pak'Zil détourna le regard. Il préférait ne pas assister à cette agonie.

Il tenta d'oublier les lieux lugubres dans lesquels il se trouvait en se remémorant des souvenirs joyeux. Mais il fut bientôt pris de nausées. Il inspira profondément pour faire disparaître ses haut-le-coeur, mais ils persistèrent, accompagnés d'une migraine carabinée.

– Je ne me sens pas bien, dit-il à Zipacnà.

– Tu ne vas pas encore vomir ? demanda le dieu des Montagnes en s'éloignant prudemment.

Pak'Zil mit une main sur sa bouche. Oui, il allait sûrement vomir, mais il n'avait pas la force de le dire.

Xol mourut. Le *Ooken* assista au détachement de son *sak nik nahal*, qui resta quelques instants au-dessus de son corps, à un bras de distance. Le lilliterreux lui dit :

– Tu es mort.

Xol tourna la tête et l'observa.

– Je sais.

Le lilliterreux lui tendit la main et l'aida à se mettre debout.

– Je suis dézolé, dit le lilliterreux. Je n'ai pas zu comment faire.

Le visage de Xol n'était plus plissé par la douleur, mais paisible. Il esquissait même un léger sourire.

– Ce n'est pas votre faute, répondit-il. J'étais condamné. Je vous remercie d'avoir tout tenté pour me garder en vie.

Il posa une main sur le front du cadavre.

Zipacnà apparut dans la pièce et interpella le *Ooken* : Pak'Zil était malade, son état de santé se détériorait à vue d'œil. Le *Ooken*

sortit et vit Pak'Zil, allongé sur le côté, gre-
lottant, le front inondé de sueurs. Ses yeux
étaient vitreux. Lorsque le lilliterreux lui parla, il entendit une réponse incompréhensible.

– Que zuis-ze suppozé faire ? demanda-t-il.
Ze ne zuis pas un pratizien, ze zuis le *Ooken* !
Zes Mayas zont des myztères pour moi !

Le *Ooken* pensa alors à un ami qu'il
n'avait pas vu depuis longtemps, un Maya
justement, qui faisait des allers-retours entre le Monde intermédiaire et le Monde
inférieur. Lui saurait sûrement quoi faire.
Pourquoi n'y avait-il pas pensé avant ?

Il entra dans sa maison d'où il ressortit
quelques instants plus tard, un coquillage
à la main. Il alla vers une paroi rocheuse
percée de plusieurs trous, inséra le coquillage dans l'une de ces cavités et souffla dedans. Une mélodie grave se fit entendre, qui
dura quelques instants.

– J'ezpère qu'il entendra mon appel, dit
le *Ooken* avant de remettre le coquillage où
il l'avait pris.

Il remarqua que le *sak nik nahal* de Xol
n'était plus au-dessus de son enveloppe ma-
térielle. Sans doute était-il parti accomplir

sa destinée spirituelle à Xibalbà. Le *Ooken* devait maintenant se débarrasser du corps. Il demanda à Zipacnà de creuser une fosse plus loin où ils déposèrent ensuite le corps de Xol sans autre cérémonie.

L'état de Pak'Zil s'était détérioré. Tout comme Xol, peu de temps auparavant, il respirait péniblement.

– Vous ne pouvez rien faire pour lui? s'étonna Zipacnà.

– Non, fit le *Ooken*. Il agonize de la même manière que l'autre Maya. Ze n'y puis rien.

Sur les ordres du lilliterreux, Zipacnà replaça Pak'Zil dans une position plus confortable dans l'espoir de rendre ses souffrances moins pénibles. Hélas, rien ne semblait vouloir le soulager!

C'était triste à voir, le jeune scribe semblait déployer des efforts surhumains pour respirer. Il poussa un râlement qui semblait être le dernier.

– Je crois que z'est la fin, dit le *Ooken* en s'adressant à Zipacnà. Il faudra auzzi l'enterrer. Pourquoi ne pas commenzer à creuzer dès maintenant!

Le lilliterreux montra l'endroit où il pourrait ensevelir le corps. Le dieu des Montagnes, à l'aide de ses griffes, se mit aussitôt au travail.

Le *Ooken* retourna au chevet du jeune scribe. Le croyant mort, il fut surpris de voir ses yeux remuer sous ses paupières.

– Di'Mon ?

La voix venait du dehors. Le lilliterreux se retourna et aperçut son ami le Maya, assis en équilibre sur un mille-pattes géant. Dès que l'homme quitta sa monture, l'insecte disparut.

– Je zuis heureux de conztater que tu as rezu mon appel.

Le Maya observa le corps de Pak'Zil.

– Que se passe-t-il ? Qui est-il ?

– Il s'azit d'un Maya. Ze crois qu'il vient de Palenque.

– De Palenque ? murmura le visiteur en examinant le corps.

– Il est gravement malade et ze ne zais pas comment le zecourir. Ze me zuis dit que parce qu'il faizait partie de ton espèze, tu pourrais zûrement l'aider. Ze n'ai pas pu zauver un autre Maya qui zouffrait des mêmes zymptômes.

Lorsque le Maya vit le visage du géant qui agonisait, il resta figé. Il semblait ébranlé :

– Que ze pazze-t-il ?

– Je crois que c'est l'ami de mon fils, répondit le Maya.

– J'ignorais que tu avais un fils, Tuzumab.

Celui-ci monta sur le corps du scribe géant et colla son oreille sur la large poitrine.

Il se releva prestement.

– Son cœur est faible, mais il bat encore. Nous devons le sortir d'ici le plus tôt possible. L'air de Xibalbà est en train de le tuer. Il doit remonter à la surface, vite.

– Le zortir ? Tu zais bien que la zortie la plus proche est à des lieues d'izi.

– Il faut agir maintenant !

∴

La créature qui émergea de la mare dans laquelle Zenkà se mirait avait une peau grise qui se soulevait par plaques. Il lui manquait un œil et elle n'avait plus de nez. Zenkà recula d'effroi, mais le monstre parvint à lui planter dans la gorge un objet long et tranchant.

Le guerrier de Kutilon fut étonné de ne ressentir aucune douleur, à peine un léger désagrément comparable à une piqûre de moustique. Il recula de quelques pas, puis retira l'objet : un couteau d'obsidienne. Pas une seule goutte de sang ne s'était écoulée de la large plaie, il se sentait exactement comme si rien de cela ne s'était produit.

Celui qui l'avait attaqué avait toutes les caractéristiques d'un homme : une tête, un torse, deux bras et deux jambes. Mais parce qu'il était recouvert d'une substance gluante, Zenkà n'arrivait pas à savoir s'il s'agissait vraiment d'un de ses semblables.

Ce qui était clair, c'était ses intentions : l'individu s'essuya les yeux et bondit immédiatement sur le guerrier de Kutilon, qui réussit à l'esquiver aisément.

Zenka récupéra sa lance que l'effet de surprise lui avait fait échapper et la pointa vers son ennemi.

– Je n'hésiterai pas à vous tuer si vous tentez de m'attaquer une autre fois, dit-il. Les lèvres de l'homme se plissèrent en une moue de ricanement et ajouta quelque chose que Zenkà n'entendit pas puisqu'il était sourd. En lui montrant ses oreilles, il lui dit qu'il n'entendait pas.

L'homme leva les mains pour lui signifier qu'il ne lui voulait aucun mal. Puis il tenta de lui reprendre son couteau d'obsidienne des mains, mais Zenkà se braqua. Avec des gestes, il lui fit comprendre que ses intentions étaient pacifiques.

Zenkà lui remit le couteau. L'homme agit ensuite avec une rapidité surprenante. Il prit la tête de Zenkà, lui mit un doigt dans l'oreille et, sans lui laisser le temps de protester, il fit pénétrer la lame du couteau dans le conduit auditif de Zenkà. Celui-ci, même s'il n'avait ressenti aucune douleur, tenta de se défendre. En guise de réponse, l'homme lui tendit la lame du couteau sur laquelle reposait un insecte long et poilu qui se tortillait.

– C'est ce qui vous empêchait d'entendre, dit-il.

Du bout de l'ongle de son pouce, il fit tomber l'insecte et le laissa s'enfuir.

– Je m'occupe de votre autre oreille ?

Zenkà dit oui, et un autre insecte identique fut prestement extirpé.

– Qui êtes-vous ? demanda Zenkà.

– C'est à moi de vous poser la question. Que faites-vous ici ?

Zenkà joua la carte de l'honnêteté.

– On m'appelle Zenkà et je viens du village de Kutilon. Je fais partie de l'Armée des dons que commande le prince Pakkal de Palenque.

– Cela ne me dit pas ce que vous faites ici.

Sachant que Ah Puch recherchait le *Ooken*, pour éviter que celui-ci soit plongé dans l'embarras, il dit :

– Je ne sais pas comment je suis arrivé ici. Je veux seulement retourner dans le Monde intermédiaire.

– Vous n'êtes pas le seul, dit l'homme.

Ce disant, il s'approcha de Zenkà pour observer son cou.

– Je suis désolé pour l'égratignure.

Zenkà mit la main sur la profonde entaille.

– Une de plus ou une de moins…

L'homme le scruta des pieds à la tête :

– Vous êtes mort, n'est-ce pas ?

– Peut-être, dit Zenkà, encore méfiant.

– C'est le *Ooken*, n'est-ce pas ?

Était-ce un piège qu'il lui tendait ? Zenkà répondit laconiquement :

– Non.

L'homme entreprit de retirer les croûtes que le liquide, en séchant, avait formé sur son corps.

– Voyons donc ! C'est le *Ooken* qui vous a envoyé ici, je ne suis pas né de la dernière pluie.

– Oui, c'est le *Ooken* qui a transféré mon *sak nik nahal* dans mon corps.

L'homme ouvrit la bouche et en sortit une graine.

– Nous trimballons le même espoir dans le creux de notre joue, non ?

Zenkà retira sa graine.

– Quel âge avez-vous ? demanda l'homme. En quelle année êtes-vous né ?

– Je ne sais pas exactement. Ça n'a jamais été clair.

Zenkà lui dit une date. L'homme émit un sifflement.

– Vous êtes jeune. Je suis né 200 ans avant vous.

– Ce qui signifie ?

– Que je suis ici depuis bien longtemps, dit-il.

Il lui raconta son histoire.

Il s'appelait Yanto et venait de Lubaantun, « le lieu des pierres tombées », une ville située à l'extrême est de Palenque. Il avait fait sa fortune en tant que marchand grâce aux plumes de quetzal qu'il vendait à prix fort aux familles royales des alentours. Il était un des rares à avoir su créer un élevage de ces oiseaux rares et précieux. Sa fortune ne s'était pas faite sans difficulté. Après une épidémie mystérieuse qui avait tué tous ses oiseaux, il avait dû repartir à zéro. Une année plus tard, il était de retour en affaires. Et parce qu'il avait peaufiné ses techniques d'élevage, il était devenu prospère.

Un jour, un vendeur itinérant s'arrêta dans la ville et vint lui montrer les biens qu'il avait à vendre. Des coquillages, de faux bijoux qu'il disait authentiques, des griffes de jaguar, rien de bien intéressant. Jusqu'à ce que le regard de Yanto tombe sur un crâne de taille adulte recouvert de pièces de jade dont les yeux étaient sertis de coquillage.

– Ça, dit-il au marchand, ça m'intéresse.

– Si je ne vous l'ai pas montrée, c'est que cette pièce n'est pas à vendre, dit le vendeur itinérant.

– Votre prix sera le mien, insista Yanto.

– Elle n'est pas à vendre.

Mais l'éleveur de quetzals n'était pas homme à abandonner facilement. Il fit une offre que le vendeur fut incapable de refuser : son élevage de quetzals en échange du crâne.

À l'annonce de la transaction qu'il venait de conclure, tous ses proches se prirent la tête entre les mains : Yanto était devenu fou. Certes, le crâne était recouvert de jade, mais la valeur de cette pierre précieuse était bien moindre que son élevage de quetzals. Le prix du jade, tributaire de l'offre et de la demande, fluctuait, tandis que la valeur des plumes, elle, ne descendait jamais, les possibilités d'en obtenir de nouvelles étant rarissimes.

Toutefois, Yanto possédait une information qu'il n'avait partagée avec personne. Lors de ses pérégrinations dans d'autres villes, il avait entendu parler d'un crâne magique dérobé à un sage, plusieurs années auparavant. Nul ne connaissait ni le lieu de résidence ni le nom de ce sage. Mais on racontait que le crâne était celui d'Itzamnà lui-même, père de tous les dieux. Et que les pièces de jade, rattachées les unes aux autres, formaient un casque pouvant se mouler à toute la tête, y compris le visage. Pour quiconque se coiffait de ce casque, le merveilleux se produisait.

Yanto interrompit son explication, aux aguets.

– Que se passe-t-il ? demanda Zenkà. Votre histoire est passionnante, continuez !

– Je crois qu'il approche.

– Qui ? De qui parlez-vous ?

– Venez avec moi !

Yanto marcha, suivi de Zenkà, en direction d'un renfoncement de la paroi rocheuse, une sorte de petite caverne. Il lui fit signe de se taire.

– Je crois qu'il me cherche, chuchota Yanto. Il sent que je suis ici.

– Nous devons retrouver le *Ooken*, dit Zenkà, en parlant à voix basse. J'ai consulté une carte du premier niveau, je crois le connaître plutôt bien.

– Le premier niveau ? demanda Yanto. Qui vous a dit que nous étions au premier niveau ? Il y a longtemps que j'aurais retrouvé le lilliterreux si c'était le cas.

– Où sommes-nous ? demanda Zenkà.

– Au quatrième niveau.

∴

Contre ce nouvel ennemi qui semblait avoir été investi de la force de tous les Gouverneurs réunis, Chini'k Nabaaj n'avait pas le dessus. Lorsqu'il tentait de s'emparer de lui, il n'avait aucune poigne et chaque fois qu'il croyait l'atteindre, l'autre ne bronchait pas. En revanche, les coups assénés par le *sak nik nahal*, devenu monstrueusement musclé et grand, portaient. Le combat était inégal et, pour la première fois, Chini'k Nabaaj ne se sentit pas à la hauteur.

Il tenta de s'éloigner afin de reprendre son souffle. Mais des *sak nik nahal*, attirés par la rixe, indiquaient aux Gouverneurs où se trouvait l'adversaire. Le monstre en profitait alors pour les aspirer et devenir encore plus imposant.

Soudain, Chini'k Nabaaj fut projeté au sommet d'un arbre et resta coincé entre ses branches. Épuisé, n'ayant plus la force de se relever et de continuer à se battre, il demeura prisonnier entre les branches, s'attendant à ce que le monstre vienne le cueillir pour poursuivre le combat. Mais rien ne se produisit.

Il entendit des éclats de voix, des contestations, des cris, mais tout cela resta confus tant sa lassitude et sa faiblesse le plongeaient dans un état proche de l'inconscience. Ses poumons étaient comme de la braise et il était pris de vertiges.

Cette pause dura suffisamment longtemps pour qu'il reprenne ses esprits. Lorsqu'il releva la tête, il était redevenu Pakkal. Il aperçut plus bas Yaloum, qui semblait le chercher.

– Je suis ici, lui chuchota-t-il.

Elle leva les yeux.

– Que faites-vous là ?

– J'ai été attaqué par les Gouverneurs. Sont-ils partis ?

– Oui, fit Yaloum. En fait, tous les *sak nik nahal* ont disparu d'un seul coup.

Pakkal descendit de l'arbre et se précipita immédiatement à l'endroit où il avait vu tomber l'œuf à la coquille de jade. Il fouilla entre les branches de l'arbre qui s'était effondré et l'aperçut enfin.

– Je le tiens ! s'exclama-t-il en montrant l'œuf à Yaloum.

C'était un bel objet légèrement plus gros que la paume de sa main et recouvert de jade, une pierre lisse d'un vert très doux.

– Reste maintenant à savoir ce qu'il faut en faire, dit le prince.

– Je le sais, dit Yaloum. Xantac me l'a dit.

– Xantac ? Vous l'avez vu ? Où est-il ?

– J'ai discuté avec lui pendant votre combat contre les Gouverneurs. Mais il est disparu aussi rapidement qu'il est apparu.

– Qu'est-il donc arrivé ? demanda le prince. Que s'est-il passé pour que les *sak nik nahal* s'évaporent de la sorte ?

– Je l'ignore. C'est la première fois que j'assiste à pareil phénomène.

Yaloum fit une pause et tourna légèrement la tête en disant :

– J'ai beau me concentrer, je n'entends rien.

– C'est une bonne chose, dit Pakkal. Les Gouverneurs n'entendent pas à rire.

Yaloum approuva. Le prince lui demanda ce que Xantac lui avait raconté au sujet de l'œuf à la coquille de jade.

– Cet œuf aurait été volé à un aigle au bec de jade. Depuis, l'oiseau le cherche désespérément.

– Est-ce cet aigle qui va me permettre de grimper dans l'Arbre cosmique ? De quelle manière ?

– Je l'ignore. Votre maître n'a pas eu le temps de me le dire.

– Et où se trouve cet oiseau ?

– Selon ce que m'a dit Xantac, c'est l'oiseau qui va venir vers vous.

Les aigles n'étant pas réputés pour être des oiseaux très sympathiques, le prince adopta un ton sarcastique :

– Je vois. Il sera si heureux de retrouver son œuf qu'il va nous offrir un cadeau. J'adore les surprises !

Levant la tête, le prince observa la voûte bleue :

– Les rayons du soleil ont chassé tous les oiseaux du ciel. Je ne crois pas que cet aigle au bec de jade fasse exception.

– Dans ce cas, il serait sans doute préférable de retourner à l'Arbre cosmique, dit Yaloum.

Pakkal était d'accord. Il prit soin de glisser l'œuf dans sa sacoche et de bien la refermer. Lui et Yaloum retrouvèrent leur monture respective et prirent la direction de l'Arbre cosmique.

Chemin faisant, le prince eut besoin de s'arrêter pour arranger sa tunique qui le gênait dans ses mouvements. C'est alors qu'il remarqua qu'ils avaient été suivis. Des singes hurleurs se balançaient de branche en branche et sautaient d'arbre en arbre en poussant des cris perçants. Le pelage brûlé par les rayons du soleil, plusieurs disparaissaient, aussitôt remplacés par d'autres singes hurleurs.

Pakkal laissa Yaloum continuer devant, puis tira sur les guides de Loraz, qui s'arrêta, docile. Il fut entouré par un groupe de singes agités et bruyants. Le prince connaissait ce hurlement pour l'avoir entendu à quelques occasions : c'était celui de l'attaque. Il chercha des yeux quelle bête avait pu les provoquer de la sorte, mais comprit rapidement que c'était lui qui les mettait dans cet état. Les singes se rapprochaient dangereusement en vociférant. Sentant qu'il allait très bientôt être victime de leur colère, Pakkal ordonna à Loraz de déguerpir.

Aussitôt, l'un des singes se jeta sur lui et se suspendit à son cou. Pakkal lui prit le bras et parvint à le faire lâcher prise.

– Plus vite, Loraz! dit le prince.

Mais la mygale géante ne pouvait pas aller plus vite, obligée qu'elle était de se frayer un chemin à travers les troncs serrés des arbres, ce qui donnait un net avantage aux singes. Un autre adversaire sauta sur le prince. Cette fois, il était bien agrippé et Pakkal ne put s'en débarrasser.

Il y en eut bientôt quatre sur sa monture. Pakkal se faisait mordre, ses assaillants lui labouraient la chair de leurs griffes. Le prince, en cherchant à se libérer, fut propulsé sur le sol par une bête furieuse qui s'était laissée tomber d'un arbre.

Dès lors, les singes s'en prirent à sa sacoche. Ils parvinrent à la détacher, se l'échangèrent à quelques reprises, jusqu'à ce que l'un d'eux l'arrache violemment et parvienne à s'enfuir au sommet d'un arbre.

De là-haut, le singe poussa un cri de victoire en retirant l'œuf de la sacoche et le mit dans sa gueule. Ses congénères partirent à ses trousses.

Impuissant et amer, Pakkal se releva et regarda tristement les singes disparaître dans la forêt.

....

Ce que Yanto venait de dire à Zenkà le décontenança. Ils étaient donc au quatrième niveau ? Il savait que réintégrer son corps représentait un défi et que les écueils allaient être nombreux, mais jamais il n'avait songé qu'on pût le transporter ailleurs qu'au premier niveau.

– Il y a sûrement un moyen de réintégrer le premier niveau, n'est-ce pas ? demanda Zenkà.

– S'il y a un moyen, je ne le connais pas. Je suis coincé ici depuis trop longtemps pour croire en cette possibilité. Pourtant, je refuse de penser que cette demeure est la mienne et qu'elle le restera toujours.

– Si nos corps se sont retrouvés ici, c'est

qu'ils y ont été transportés, non ? Il existe un passage et c'est lui qui nous mènera au premier niveau.

– Je sais qu'il existe, fit Yanto. Enfin, je le suppose. Mais ce passage, comme vous dites, je ne l'ai jamais vu. Et j'ai parcouru ces lieux plus souvent qu'à mon tour, j'en ai fouillé tous les recoins. Il semble introuvable.

Malgré le scepticisme de son vis-à-vis, Zenkà refusait de baisser les bras.

– Il y a un moyen, c'est évident. Il suffit de le trouver.

Yanto s'arrêta et écouta. Personne ne venait.

– De qui nous cachons-nous ? demanda le guerrier.

– De Tuumaax.

– Je n'en ai jamais entendu parler.

– D'après ce que vous m'avez dit, poursuivit Yanto, je suis ici depuis à peu près 124 ans. Or, dès mon arrivée ici, dès le premier jour, Tuumaax s'est mis à me poursuivre. Et il n'a réussi qu'une fois à me mettre la main dessus.

Yanto se retourna et releva sa tunique qui ne tenait à ses épaules que par quelques fils. Son dos presque entièrement dépourvu de peau laissait voir une partie de sa colonne vertébrale. Il replaça sa tunique.

– Il a promis de me dévorer morceau par morceau. Par chance, je me suis échappé avant qu'il puisse achever son repas. Nous nous sommes croisés ensuite à quelques reprises, il sait que je suis encore ici.

– Qui est-il ? demanda Zenkà.

– Tuumaax est le dieu des Cauchemars. C'est lui qui crée tous les mauvais rêves que nous faisons. C'est par lui que le mal survient, par sa faute que naît la terreur.

Zenkà se rappelait avoir fait des cauchemars dans son autre vie. Parmi eux, un encore plus terrible que les autres, qui revenait souvent. De retour d'un voyage de chasse, il retrouvait son village en flammes. Ses parents, coincés dans la hutte familiale, hurlaient de douleur et l'imploraient de leur venir en aide. Mais un mur invisible empêchait Zenkà de passer. Et ses pieds, recouverts du sang des animaux qu'il venait de tuer, étaient collés au sol. Il était le témoin impuissant de leur martyre. Il se réveillait alors, en proie à une incommunicable angoisse. Ce cauchemar, qui revenait à un rythme régulier, le tenait de longs moments dans un état d'abattement douloureux. Tous les Mayas connaissaient Tuumaax, ce dieu puissant dont la présence se faisait sentir lorsqu'ils fermaient les yeux.

Yanto sortit de la caverne où ils s'étaient arrêtés et s'assura que tout danger était écarté. Il fit signe à Zenkà de le suivre et le conduisit dans une suite de couloirs identiques les uns aux autres.

– Comment faites-vous pour vous y retrouver ? demanda Zenkà.

– Lorsque, comme moi, vous aurez passé plus de 3000 mois ici, ce labyrinthe n'aura plus de secret pour vous.

Ils croisèrent nombre de chauveyas sur leur route. Chaque fois, Zenkà se montrait craintif.

– Ils ne sont pas vraiment dangereux, lui dit Yanto. Mais ils sont imprévisibles. Quelques-uns me voient et ne réagissent pas, tandis que d'autres m'attaquent. Il faut demeurer aux aguets.

Les chauveyas qui volèrent au-dessus de

leurs têtes ne firent pas attention à eux et ne les regardèrent même pas. Mais lorsque l'un d'eux frôlait Zenka, le guerrier s'écartait aussitôt tandis que Yanto ne réagissait pas.

– Ils sont extrêmement précis, ajouta Yanto. Quand ils nous frôlent, c'est parce qu'ils ont choisi de le faire.

Ils marchèrent longtemps et s'arrêtèrent devant une porte qui s'ouvrait sur une vaste grotte qui semblait vide. Alors que Zenkà s'apprêtait à y entrer, Yanto le retint par la manche.

– Que se passe-t-il ? demanda le guerrier de Kutilon.

– Chut. Regardez.

Et de son index décharné il désigna le plafond.

Des milliers de chauveyas y étaient suspendus par les pieds, les ailes repliées sur leur corps.

– Ils dorment, fit Yanto. Nous ne pouvons pas passer, c'est trop dangereux. Si l'un d'eux détecte notre présence, il donnera le signal d'attaquer. Et ils sont si nombreux que je ne donnerais pas cher de notre peau.

– Elle ne vaut déjà pas grand-chose, fit remarquer Zenkà.

– Couchez-vous à plat ventre si vous désirez éviter d'être emporté par le chaos que je m'apprête à provoquer.

Zenkà obéit. Il vit Yanto s'emparer d'une pierre et la lancer au plafond. Celle-ci percuta un chauveyas, qui ne réagit pas. Yanto en prit une autre et la lança de nouveau. Une des nombreuses cibles fut atteinte, mais ne réagit pas davantage.

Yanto ne se découragea pas. Alors qu'il s'apprêtait à lancer une troisième pierre, Zenkà perçut un bruit derrière lui. Il tourna la tête et aperçut deux jambes.

– Yanto ! cria-t-il.

Celui-ci se retourna et laissa tomber la pierre.

– Ainsi donc, tu t'appelles Yanto. Après tout ce temps, je ne connaissais même pas ton nom. Moi, c'est Tuumaax. J'espère que tu vas me présenter à ton ami...

Le dieu des Cauchemars se tenait devant eux. Pour tout vêtement, il ne portait qu'un pagne qui ne cachait nullement son extrême

maigreur. Sa tête était entourée d'un bandeau orné d'un animal à la gueule ouverte et
aux dents pointues. Son visage était couvert
de rides, mais le reste de son corps était lisse
et bronzé.

Zenkà voulut se remettre sur ses jambes,
mais Tuumaax l'en empêcha fermement en
posant le pied sur son dos.

– Tu bougeras quand je le déciderai, fit-il.

Zenkà s'empara de sa lance et se retourna. Il la pointa en direction du dieu des Cauchemars. Son regard croisa le sien.

– Non! cria Yanto. Ne fixez pas ses yeux!

Mais il était trop tard. Les yeux de
Tuumaax avaient harponné ceux du guerrier de Kutilon.

•
=

L'état de santé de Pak'Zil s'était encore
détérioré. Alors que le *Ooken* était à la recherche de Zipacnà, le père de Pakkal avait
grimpé sur la poitrine du jeune scribe pour
pouvoir écouter son cœur. Ses battements
ralentissaient.

– N'abandonne pas, dit Tuzumab. Nous allons bientôt sortir d'ici.

Pak'Zil n'eut aucune réaction.

Zipacnà entra, portant le lilliterreux dans une de ses mains. Il le posa par terre.

– Il va mourir d'une intoxication si nous ne réagissons pas, dit Tuzumab. Il faut absolument le conduire dans le Monde intermédiaire.

– Ce n'est pas possible, dit le lilliterreux. La zortie est trop loin d'ici, tu le zais. Et il est beaucoup trop gros pour pazzer dedans. Tu as de la difficulté toi-même.

Tuzumab, imperturbable, répliqua :

– Il n'est pas mort, il n'est donc pas trop tard.

Il se tourna vers Zipacnà :

– Prenez-le dans vos bras et suivez-moi !

Même si Pak'Zil était un géant aussi imposant que le dieu des Montagnes, celui-ci n'eut pas de mal à le transporter, il le souleva comme s'il ne pesait qu'une plume.

Tuzumab lui montra du doigt la direction à prendre. Le *Ooken* s'interposa :

– Ze n'est pas par là, la zortie !

– Je sais. J'ai un autre plan.

Le père de Pakkal savait que les chances de sauver l'ami de son fils étaient minces, mais il se devait de tout essayer. La sortie connue du *Ooken*, creusée dans le tronc de l'Arbre cosmique, était trop étroite pour faire passer un géant et, surtout, trop éloignée de sa maison.

Tuzumab avait déjà éprouvé les malaises qui affectaient Pak'Zil. Dès les premiers jours de son arrivée au premier niveau de Xibalbà, il avait souffert de difficultés respiratoires qui s'étaient dissipées aussitôt qu'il avait mis le pied dans le Monde intermédiaire. Mais le Monde inférieur était un endroit où il se sentait chez lui désormais, et son corps s'était habitué à l'air malsain qui y régnait. Ce n'était guère surprenant que Pak'Zil, qui mettait sûrement les pieds pour la première fois à Xibalbà, ait réagi de la sorte.

Tuzumab connaissait un endroit au premier niveau où la voûte était plus haute, c'est là où il avait l'intention de conduire Pak'Zil.

Le trajet ne fut pas de tout repos pour Zipacnà, car il devait parfois marcher à quatre pattes ou ramper, les couloirs étant trop étroits et la partie supérieure des parois trop basse. À plusieurs reprises, Tuzumab fit arrêter Zipacnà pour observer les signes vitaux de Pak'Zil. La situation, toujours critique, ne s'améliorait pas, mais elle n'empirait pas non plus.

Ils étaient presque arrivés à destination lorsqu'ils firent face à une horde de Nohoch. Ils étaient une centaine et venaient de trouver ce qu'ils cherchaient depuis longtemps. Sans avertissement, ils se ruèrent sur leur cible. Lorsque le *Ooken*, qui marchait derrière tout le monde, vit les Nohoch, il se plaça devant.

– Reculez ! dit-il à l'intention de ses compagnons.

Sans autre signe avant-coureur, à la surprise de tous, il se transforma brusquement en tornade et parvint à chasser les assaillants. Les Nohoch, coincés dans le tunnel de vents violents, étaient projetés dans toutes les directions. Lorsqu'ils atterrissaient, la plupart ne se relevaient pas. Ceux qui évitèrent d'être aspirés parvinrent à s'enfuir.

Lorsqu'il eut accompli son ménage, Di'Mon reprit sa forme initiale de *Ooken*.

Il se mit à quatre pattes, vanné. Tuzumab s'enquit de son état :

– Pourzuivez zans moi… Ze dois me repozer.

Tuzumab fit signe à Zipacnà de le suivre. Ils arrivèrent enfin dans un lieu plus spacieux, un sorte de grotte où la voûte d'une des parois était très haute, donc plus proche du Monde intermédiaire. En réalité, elle était si élevée qu'on l'apercevait à peine.

Il la pointa du doigt.

– C'est par ici que nous allons sortir, dit-il.

– Comment ? demanda Zipacnà.

– Tu es le dieu des Montagnes, n'est-ce pas ? Tu es le plus fort ? C'est le moment de le prouver.

Tuzumab lui indiqua un énorme rocher.

– Tu le lances avec le plus de force possible. Il faut parvenir à percer cette voûte.

Zipacnà se défit de Pak'Zil avec le peu de délicatesse qui le caractérisait. Tuzumab l'admonesta :

– Tu dois faire attention, il est à l'article de la mort.

– Désolé, fit-il.

Alors que Zipacnà s'emparait du rocher, Tuzumab escalada de nouveau le jeune scribe pour écouter son cœur.

– Vite ! Il n'y a pas une minute à perdre, le cœur bat très faiblement, hâtons-nous.

Le rocher dont Tuzumab suggérait de se servir s'avéra être un morceau du mur de la grotte. Cela ne gêna nullement Zipacnà qui réussit à l'arracher aisément. Il se plaça sous la voûte.

– Je le lance de toutes mes forces ? demanda-t-il.

– Oui, et dépêche-toi !

Le dieu des Montagnes fut brutalement arrêté dans son élan. Une dizaine de Nohoch survinrent et se jetèrent sur lui en même temps. Ils étaient suffisamment nombreux pour lui faire perdre sa prise.

Pendant ce temps, un Nohoch s'attaquait à Tuzumab. Celui-ci ne put éviter la main géante qui entourait son torse de ses doigts. Tuzumab se défendit tant bien que mal sans parvenir à maîtriser son assaillant. Le Nohoch en profita pour s'emparer de ses jambes en les tirant violemment, comme s'il cherchait à les séparer du tronc.

Avant que le monstre ne parvienne à sectionner Tuzumab, ce dernier planta ses dents dans la croûte qui recouvrait la peau de son assaillant et parvint à en arracher un morceau. Le Nohoch poussa un cri et retira ses mains. Il observa son doigt ensanglanté et jeta un coup d'œil courroucé à Tuzumab.

C'est alors qu'un son aigu se fit entendre. Immédiatement, le Nohoch se plia en deux et adopta une position de soumission. Puis, affolé, il déguerpit.

Tuzumab vit les Nohoch qui s'en prenaient à Zipacnà faire de même. Il ne chercha pas à comprendre ce qui s'était produit. Il ordonna immédiatement à Zipacnà de lancer le rocher.

Mais le géant ne s'exécuta pas. Il demeurait immobile, les bras ballants.

– Zipacnà! cria le père de Pakkal. Tu dois faire vite, sinon Pak'Zil va mourir!

Le dieu des Montagnes avait les yeux rivés au sol. Tuzumab suivit son regard et vit une frêle créature qui tenait entre ses mains un bâton surmonté d'un anneau. C'était un être squelettique dont le cou était orné d'un collier de clochettes.

C'était Ah Puch, le dieu de la Mort, qui venait chercher Pak'Zil.

Pakkal, le visage livide et aussi immobile qu'une statue, fixait la direction où les singes hurleurs venaient de disparaître. La sauterelle géante atterrit à ses côtés, toujours conduite par Yaloum. Celle-ci, en voyant le visage atterré de son compagnon, demanda, inquiète :

– Prince, que s'est-il passé ?

– J'ai été attaqué par des singes. Ils m'ont volé l'œuf à la coquille de jade.

Ce n'est qu'à ce moment qu'elle remarqua que les bras et les jambes de Pakkal étaient couverts de blessures. Elle les examina et vit qu'elles étaient superficielles.

– Il faut vous couvrir à présent, si vous ne voulez pas qu'elles soient infectées par les rayons bleus.

Pakkal remit négligemment son vêtement en place.

– Où sont-ils partis? demanda Yaloum. Pourquoi ne les poursuivez-vous pas?

– Ce sont des singes hurleurs. Ils sont beaucoup trop habiles et rapides.

– Nous pouvons nous aussi être habiles et rapides. Venez!

Pakkal attacha Loraz à un arbre et s'assit derrière Yaloum. La sauterelle géante fit alors un saut prodigieux dans les airs qui coupa le souffle au prince. Cet élan imprévu le prit par surprise, il se força à ne pas crier. C'était aussi excitant qu'effrayant.

– Ne vous inquiétez pas, vous allez vous y habituer, lui dit Yaloum.

En un seul bond, la sauterelle pouvait parcourir 100 fois sa longueur, ce qui faisait d'elle la monture la plus rapide du monde maya.

Durant la montée, la vue était imprenable et, lorsque la bête atteignait son point culminant, ses deux cavaliers pouvaient voir à des kilomètres à la ronde et jusqu'à l'Arbre cosmique.

C'est ainsi que, en quelques bonds, ils parvinrent à rejoindre les singes hurleurs en fuite. Ceux-ci étaient maintenant plus d'une centaine à poursuivre l'individu qui s'était emparé de l'œuf à la coquille de jade. Yaloum guida habilement la sauterelle et la fit s'arrêter à bonne distance. Il ne restait plus qu'à les suivre jusqu'à ce qu'ils s'arrêtent, ce qui survint peu après. Ils virent les singes se regrouper dans un hameau d'une dizaine de huttes qui semblaient abandonnées depuis belle lurette. L'individu qui avait l'œuf en sa possession entra seul dans la hutte située au centre pendant que ses congénères s'agitaient et criaient.

Pakkal laissa Yaloum donner des soins à sa monture et prit la direction du hameau. Caché derrière un tronc d'arbre, il se tint aux aguets.

La hutte principale, celle dans laquelle le singe porteur de l'œuf était entré, ne comportait pas de mur et n'était soutenue que par quatre morceaux de bois placés à la verticale. C'était un simple abri qui avait probablement servi à des marchands de passage. Le toit était parsemé de trous et donnait l'impression qu'il allait s'écrouler d'un instant à l'autre.

Devant l'abri, un singe hurleur était assis sur une chaise à trois pattes faite de branches. Très différent des autres, il était vêtu comme certains Mayas : un pagne brodé et des protège-poignets tissés de fils multicolores.

Pakkal se devait de récupérer l'œuf à tout prix. Il soupesa quelques options qui s'offraient à lui. Il pouvait sortir de sa cachette et surprendre le singe en lui dérobant l'œuf. Mais une fois qu'il l'aurait récupéré, il aurait tous les autres singes hurleurs sur le dos, ils n'allaient sûrement pas se contenter d'être des spectateurs passifs. C'était trop risqué.

Yaloum vint retrouver Pakkal.

– Où est l'œuf, demanda-t-elle ?

Pakkal montra l'abri du doigt.

Pakkal se dit que la décision la plus sage serait d'attendre que l'œuf soit laissé sans surveillance, ce qui ne manquerait pas d'arriver. Mais quand ? Plus il attendrait, plus le soleil bleu ferait de victimes.

Le singe hurleur qui tenait l'œuf approcha de celui qui était assis. Il était calme et marchait la tête basse. Il s'immobilisa devant lui et lui tendit l'œuf, comme s'il s'agissait d'une offrande.

Le singe vêtu comme un Maya retroussa ses lèvres. Ses canines plus longues et pointues que le reste de ses dents étaient bien en vues. On eut dit qu'il souriait.

Il prit l'œuf et l'approcha de ses yeux. Puis il se mit debout sur la chaise et leva ses bras en hurlant. Les singes à l'extérieur lui firent écho en l'imitant.

– Que se passe-t-il ? demanda Yaloum.

– Je l'ignore, fit Pakkal. Mais je n'ai pas le temps d'attendre, je dois aller chercher l'œuf.

– Pas maintenant, dit Yaloum. Ce serait de la folie.

Le singe au pagne multicolore sortit de l'abri et fut acclamé par ses pairs. Il tendait l'œuf pour le montrer et tous bondissaient de joie.

L'un des spectateurs se détacha du groupe, s'avança vers le singe costumé et tenta de lui dérober l'œuf. Il fut sévèrement rabroué par ses pairs et chassé à coups de griffes et de dents, ce qui retira à Pakkal toute envie de l'imiter. Il devait se montrer patient.

Les singes se calmèrent un moment lorsque l'individu qui gardait l'œuf en sa possession grimpa sur le toit d'une hutte. Celui-ci leva un bras en dépliant les doigts. Tous se turent. Il les fixa droit dans les yeux, les uns après les autres.

Puis, il leva l'autre bras et tint l'œuf dans les airs. Les singes l'imitèrent. Les bras au ciel, la tête relevée, ils émirent un grognement qui s'amplifia avec tant d'unité qu'on aurait dit qu'il provenait d'une seule source.

Pakkal et Yaloum tentaient de comprendre les motifs de tous ces agissements bizarres. Les singes hurleurs avaient parfois des comportements étranges; il leur arrivait d'effectuer des roulades impromptues, de rire sans raison, d'introduire dans leur nez ou leurs oreilles des objets incongrus. Toutefois, jamais Yaloum et Pakkal n'avaient assisté à une manifestation de ce genre.

Le spectacle durait et le prince s'impatientait. Il n'entrevoyait pas le moment où il allait pouvoir s'emparer de l'œuf.

Mais soudain, une ombre survola le hameau. En l'apercevant, les singes poussèrent des hurlements de panique et se dispersèrent. Le singe vêtu en Maya resta sur le toit, immobile.

L'ombre apparut une autre fois. Pakkal leva les yeux juste à temps pour apercevoir l'oiseau qui avait tant effrayé les primates.

C'était un aigle aux ailes largement déployées. Et son bec acéré brillait au soleil; il était fait de jade.

Ce n'était pas la première fois que Tuzumab faisait face à Ah Puch. Quelque temps après s'être retrouvé à Xibalbà, Tuzumab avait fait la connaissance d'un voyageur errant, un clairvoyant qui avait été chassé de son village parce qu'il avait annoncé des malheurs qui s'étaient avérés. Cet homme avait le pouvoir de prédire les menaces qui pesaient sur quiconque le regardait dans les yeux. Ses voisins le soupçonnaient de pratiquer la sorcellerie et avaient fait des pressions pour qu'il soit exclu du village ou, mieux encore, supprimé.

Alors que l'homme prenait un bain dans

la rivière, il avait vu son reflet dans l'eau et lu dans ses propres yeux qu'on projetait de le tuer d'un coup de couteau. Il avait donc quitté le village et marché pendant plusieurs semaines jusqu'à ce qu'il atteigne l'Arbre cosmique, là où errait Tuzumab. Ils firent connaissance mais ne sympathisèrent pas, car leurs discussions tournaient souvent au vinaigre. Cependant, comme leur présence mutuelle les soulageait de leur solitude, ils ne se fuyaient pas non plus.

Cet homme, qui n'avait jamais dit son nom à Tuzumab et qui se faisait pompeusement appeler « le Prophète », lui confia que ses jours étaient comptés. C'était, disait-il, ce que ses yeux lisaient lorsqu'il apercevait leur reflet dans l'eau. Tuzumab ne le crut pas.

Le Prophète prétendait aussi que la Quatrième Création était menacée et que le jour où elle serait mise en péril n'était pas loin. Tuzumab prit cela pour du délire, d'autant plus que le Prophète affirmait que son fils, Pakkal, héritier du trône de Palenque, allait être directement impliqué dans cette catastrophe. L'avenir allait donner raison au Prophète, mais pas sur sa propre mort.

En tentant d'arracher un tronc d'arbre mort pour le brûler, le Prophète se blessa gravement. En chutant, une racine pointue qui émergeait du sol lui perfora la cuisse. Tuzumab le soigna du mieux qu'il le pouvait, mais la plaie s'infecta et le Prophète endura de vives douleurs. Dans les jours qui suivirent, il fut atteint d'une forte fièvre.

Une nuit, alors que tous deux s'étaient réfugiés dans le Monde inférieur, Tuzumab fut réveillé par les râles de son camarade. C'est alors qu'il vit un être au corps décharné portant un bâton surmonté d'un anneau qui se penchait sur le Prophète.

Avant de savoir de qui il s'agissait, Tuzumab l'interpella. L'être fit comme s'il n'avait rien entendu. Tuzumab s'approcha et Ah Puch tourna la tête. À cet instant, le père de Pakkal fut envahi par un sentiment de terreur qu'il n'avait jamais ressenti auparavant. Au lieu de rester auprès de son camarade agonisant, malgré la culpabilité qu'il ressentait à l'abandonner à son sort, il s'enfuit.

Il lui avait fallu tout son courage pour revenir sur les lieux quelques heures plus tard, toujours angoissé. Il avait retrouvé le corps inerte du Prophète. Ah Puch lui avait retiré cette étincelle magique et mystérieuse qu'on appelle la vie.

À présent, en voyant Ah Puch aux côtés de Pak'Zil, il revivait la même terreur, le même sentiment de frayeur pure qui l'empêchait de réfléchir. Il n'avait qu'une idée en tête, prendre la fuite. Il vit Zipacnà se recroqueviller et mettre ses mains sur sa tête. Tuzumab fit un demi-tour sur lui-même et courut se cacher.

Mais ce faisant, son esprit rationnel prit le dessus. S'il laissait Ah Puch agir comme bon lui semblait, Pak'Zil allait mourir. Il le savait. Avait-il la capacité de l'en empêcher ? Il se devait d'essayer !

Il s'arrêta et se retourna. Mais l'angoisse le tenaillait toujours. Et chaque pas qu'il faisait en direction du dieu de la Mort augmentait sa tension au point où il rebroussa chemin. Il avait si peur !

Pouvait-il laisser le jeune Pak'Zil entre les mains de Ah Puch ? Non ! Il devait intervenir.

Pour se donner du courage, tout comme les guerriers avant la bataille, Tuzumab poussa un cri. Puis, tête baissée, il fonça vers le seigneur de Mitlan. Celui-ci tenait l'anneau de son bâton, qui rayonnait, au-dessus de la tête de Pak'Zil. Tuzumab avait du mal à respirer. Sa poitrine était oppressée comme si on l'avait recouverte d'une montagne de pierres.

– Non ! parvint-il à crier.

Ah Puch n'eut aucune réaction. Si Tuzumab voulait l'empêcher d'en finir avec le jeune scribe, il lui fallait intervenir autrement que par la parole. Le don qu'il possédait, celui de matérialiser son monde imaginaire, allait lui servir.

Sa frayeur ne s'atténuait pas, au contraire. Ses facultés en étaient paralysées. Il réunit toutes ses forces pour dire :

– Je vois… Je vois des Nohoch.

Cinq mastodontes aux corps couverts de croûtes jaunâtres apparurent. Tuzumab leur ordonna alors d'attaquer Ah Puch.

Le dieu de la Mort, dès que le premier Nohoch fut près de lui, se retourna et lui flanqua un coup de bâton sur un genou. Sa jambe se fractura. Ah Puch posa ensuite l'anneau de son bâton sur la poitrine du Nohoch et le fit disparaître.

Le seigneur de la Mort parvint à se débarrasser des autres Nohoch avec autant de facilité. Il était fort agile et même s'il était décharné et beaucoup plus petit que ses ennemis, il avait indéniablement le dessus sur eux.

Tuzumab jeta un coup d'œil du côté de Pak'Zil. Il lui sembla voir sa poitrine se soulever. Le fils de son ami n'était pas mort !

Voyant que tous les êtres qu'il avait générés allaient bientôt être mis hors d'état de nuire, Tuzumab se jeta sur Ah Puch. C'était une décision insensée et suicidaire. S'il avait songé aux conséquences de son geste, jamais il ne se serait élancé.

Alors que Ah Puch en finissait avec le dernier Nohoch, il reçut Tuzumab sur son dos. Projeté vers l'avant, il échappa son bâton. Alors qu'il se penchait pour le récupérer, le Nohoch s'interposa.

Tuzumab en profita pour s'emparer du bâton. Dès que le père de Pakkal l'eut en main, sa peur se dissipa. Il avait l'impression qu'un nid d'abeilles s'était formé soudain dans sa boîte crânienne, qui vrombissaient d'impatience.

Ah Puch parvint à se libérer du Nohoch et réussit à récupérer son bâton. La sensation que Tuzumab ressentit alors était si intense qu'elle ne lui permettait plus de réfléchir.

Il vit Ah Puch poser l'anneau de son bâton sur sa tête, il le vit lever les yeux vers lui. Il prit conscience que sa propre mort était une question d'instants.

Ayant vu les singes se disperser comme si leur vie en dépendait, le prince crut que l'aigle allait attaquer le primate vêtu en Maya. Celui-ci tenait encore l'œuf au bout de ses bras. Mais l'oiseau se contenta de tracer des cercles au-dessus de sa tête. Il était plus imposant que ses congénères, ses ailes déployées semblaient couvrir le ciel; c'est du moins ce à quoi songea à Pakkal en les contemplant.

L'oiseau descendit soudain en vrille, comme s'il venait de repérer une proie. Malgré cette menace, le singe ne bougea pas. Puis l'aigle fit une subite remontée et frôla la tête du primate, passant au-dessus de Pakkal et de Yaloum. Ses serres étaient si grosses qu'elles auraient pu s'emparer aisément du prince et de sa compagne de voyage.

L'aigle tourna plusieurs fois autour de la tête du singe, puis poussa un cri assourdissant. D'un même mouvement, Pakkal et Yaloum se couvrirent les oreilles de leurs mains. C'est alors qu'ils virent le singe sur le toit de la hutte se transformer littéralement en Maya. La tête, puis le torse, les bras et enfin les jambes, tous ses membres et son tronc furent bientôt ceux d'un homme de taille moyenne.

Bien que cette métamorphose fût un spectacle hors du commun, le prince n'avait pas quitté l'œuf des yeux. Au cours de sa transformation, le singe l'avait laissé tomber, ce qui n'échappa pas à l'attention de Pakkal, qui le vit rouler sur le toit et terminer sa course sur le sol. C'était le moment d'agir. L'objet tant convoité reposait à quelques enjambées.

Pakkal bondit hors de sa cachette et, en courant le plus vite possible, il fonça sur l'œuf. Dès qu'il eut mis la main dessus, il fit demi-tour et s'enfonça dans la forêt.

Mais l'aigle qui l'avait vu faire se lança aussitôt à sa poursuite. Pakkal courait tout en essayant de suivre l'oiseau du regard. Au début de sa course, il crut qu'il l'avait semé, mais il le vit réapparaître bientôt au-dessus de la cime des arbres. Les branches dénudées prématurément par les rayons du soleil bleu ne lui laissaient aucune chance, il était à découvert.

Il se dit que tant et aussi longtemps qu'il allait être sous les arbres, il ne serait pas en sécurité. Il avait beau changer de direction le plus souvent possible, cela ne décontenançait nullement son poursuivant.

Un moment d'inattention de sa part eut raison de lui. En courant, il leva les yeux au ciel et fut brutalement arrêté par une branche qui le frappa en plein front. Il tomba à la renverse et l'œuf lui glissa des mains. Étourdi par la violence du coup, il se mit à chercher l'œuf. Il entendit des craquements sur le tapis de feuilles mortes, leva la tête et eut tout juste le temps d'apercevoir l'aigle qui fonçait sur lui.

Pakkal roula sur le côté, évitant de justesse les serres de l'oiseau. Il se précipita à l'endroit où il était quelques instants auparavant afin de retrouver l'œuf. Mais son poursuivant avait remué des feuilles mortes, ce qui compliquait ses recherches. Pakkal devait se hâter avant que le carnassier ne rapplique.

Enfin, il trouva l'œuf. Alors qu'il allait déguerpir, il sut que l'oiseau contre-attaquait. Pakkal glissa sur le sol pendant que des griffes acérées lui déchiraient la peau du dos. Malgré la douleur, il se redressa immédiatement et courut.

Il ignorait où il allait. Il ne savait plus dans quelle direction se trouvait le hameau. Il s'arrêta quelques instants pour regarder le ciel, en scrutant toute son immensité : l'aigle n'était plus là.

Il prit quelques instants pour reprendre son souffle sans cesser de jeter des regards anxieux de tous les côtés. Était-il possible que l'aigle ait abandonné la partie !

Résolu à retrouver Yaloum, Pakkal escalada un arbre pour essayer de se situer. Entre les branches, il lui sembla voir le toit d'une des huttes où s'étaient arrêtés les singes et voulut redescendre de son perchoir.

Un bruit à sa droite le fit frémir. Il aperçut l'aigle qui venait droit sur lui, et, cette fois, il ne put l'éviter. L'oiseau ouvrit son bec de jade dans l'intention d'avaler le prince, lequel eut la bonne idée de se débarrasser immédiatement de l'œuf. L'aigle changea immédiatement de proie afin de s'emparer de l'œuf, ce qu'il fit en déstabilisant le prince.

Pakkal parvint à retrouver pied en s'aidant d'une branche. Il entendit l'aigle qui remuait les feuilles mortes en bas, à la recherche de l'œuf. Si l'oiseau réussissait à le trouver, Pakkal n'allait plus jamais pouvoir reprendre l'œuf à la coquille de jade, il le savait. Il se balança d'avant en arrière et lorsqu'il atteignit l'angle voulu, il se laissa tomber. Il atterrit sur la tête de l'oiseau qui n'apprécia pas beaucoup qu'on lui saute dessus. Avec son bec, l'aigle tenta d'atteindre les mains de Pakkal, mais sans succès. Il se secoua vigoureusement, mais le prince était si bien agrippé à ses plumes qu'il resta en place. L'aigle déploya alors ses ailes immenses et s'envola. Avant qu'il ne prenne trop d'altitude, Pakkal sauta sur le sol et repartit à la recherche de l'objet tant convoité. Cette fois, il le trouva aisément et se remit à courir.

Il mit le cap sur le hameau. Mais sa course fut de nouveau interrompue par l'aigle qui apparut dans le ciel et fondit sur lui.

Pour tenter d'éviter ses griffes, Pakkal changea brusquement de direction. Cette manœuvre n'eut aucun effet sur l'oiseau, qui parvint quand même à l'atteindre et Pakkal tomba. Pour sauver sa peau, il tenta encore une fois de l'attirer avec l'œuf et le lança d'un coup de poignet. Mais cette fois, l'aigle ne fut pas dupe. Ce qu'il désirait, c'était d'en finir avec le prince de Palenque qui lui donnait du fil à retordre depuis trop longtemps. Ensuite, il pourrait récupérer son œuf.

Le premier coup de bec de l'aigle visait la tête du prince. Celui-ci la remua vivement au bon moment et évita à Pakkal la décapitation. Ses membres étant emprisonnés dans les serres, sa mobilité était réduite au minimum. Chaque attaque était potentiellement mortelle.

L'aigle tarda à mener la charge suivante. Pakkal, qui ne voyait que la poitrine de son assaillant, se demanda pourquoi. En entendant les cris de l'aigle, il comprit que celui-ci était aux prises avec des singes hurleurs et qu'ils lui faisaient passer un mauvais quart d'heure. L'aigle déplia ses ailes et s'envola, laissant Pakkal libre enfin.

Au moment où il récupérait l'œuf, Yaloum et sa sauterelle géante atterrirent à ses côtés.

– Besoin d'aide ? demanda Yaloum.

– Vous arrivez à point, répondit Pakkal. Vite.

Il sauta derrière Yaloum et la sauterelle décolla.

Pakkal entendit l'aigle glatir. Au même moment, il ressentit d'intenses démangeaisons sur tout le corps. Lorsqu'il regarda ses mains, il n'en crut pas ses yeux.

.
••••

L'impression angoissante qu'éprouvait Tuzumab de sa mort imminente dura un temps qu'il fut incapable d'évaluer. Il lui sembla que des milliers d'images défilaient dans sa tête à la vitesse de l'éclair, des scènes représentant son existence passée, moments riches en émotions de toutes sortes.

Ce film en accéléré s'arrêta aussi soudainement qu'il avait commencé. Lorsqu'il reprit conscience de son corps, Tuzumab était debout, là où il avait vu Ah Puch tenter d'arracher Pak'Zil à la vie. Mais le dieu de la Mort avait disparu, bien que le Nohoch fût encore présent. Par sa force mentale, Tuzumab le fit disparaître.

Il regarda Pak'Zil et vit sa poitrine bouger légèrement.

Zipacnà était toujours prostré, il tremblait de peur.

– Il est parti, lui dit Tuzumab.

– J'ai peur ! laissa échapper le géant à la tête de crocodile.

– Il n'y a plus rien à craindre. Vite, le rocher ! Pak'Zil a besoin d'air !

Toujours craintif, Zipacnà se releva enfin en examinant chaque recoin de la caverne.

– Tu es sûr qu'il est parti ?

– Zipacnà !

Le géant souleva le rocher et le tint au bout de ses bras. Il leva la tête pour voir où il devait le lancer, puis le projeta de toutes ses forces.

Tuzumab sut que la manœuvre avait fonctionné lorsqu'une pluie de mottes de terre retomba sur eux, immédiatement suivie du rocher, lequel faillit assommer Zipacnà.

Le nuage de poussière laissa bientôt place à un rayon de soleil bleu.

– Bien, dit Tuzumab. Maintenant, il nous faut remonter à la surface.

Zipacnà prit Pak'Zil sur ses épaules, Tuzumab grimpa sur lui, et tous trois parvinrent à regagner le Monde intermédiaire sans trop de mal. Ils furent bientôt au beau milieu d'une forêt d'arbres dépourvus de feuilles où ils aperçurent nombre de cadavres d'animaux. Une odeur de mort planait dans l'air.

Zipacnà allongea Pak'Zil sur le sol et Tuzumab colla son oreille sur sa poitrine. Avec un frisson d'horreur, il constata que le cœur du fils de son ami ne battait plus.

Grâce à une sorte d'instinct qui l'étonna lui-même, car il n'avait aucune formation de praticien, Tuzumab sut quoi faire. Il s'entendit demander à Zipacnà de frapper de ses poings la poitrine de Pak'Zil.

– Qu'est-ce que vous me demandez là? s'exclama le géant.

Tuzumab, imperturbable, répéta ses indications.

– Tu dois frapper ici, lui dit-il. Juste assez fort pour faire pomper le cœur.

Tuzumab savait que s'il n'était pas trop tard, activer la circulation du sang dans le corps de Pak'Zil pourrait faire redémarrer son cœur.

– Fais ce que je te dis ! ordonna Tuzumab.

– Mais il est mort, protesta Zipacnà. Ça ne sert à rien.

Voyant l'air résolu du Maya, le dieu des Montagnes s'exécuta. Il donna des coups sur la poitrine de Pak'Zil en suivant les indications très précises de Tuzumab. Celui-ci, sachant les os de la cage thoracique fragiles, lui montra exactement où frapper.

– Allons, murmura-t-il en contemplant le visage Pak'Zil, tu dois revenir à la vie.

Zipacnà, lassé de refaire les mêmes gestes, était sur le point de s'arrêter lorsque Pak'Zil poussa un soupir suivi immédiatement d'un toussotement. Zipacnà, ravi, allait lui asséner un autre coup, mais Tuzumab l'arrêta :

– Assez !

Hélas, le géant ne put retenir son bras et son poing s'abattit sur la poitrine de Pak'Zil ! Le jeune scribe se redressa d'un coup. Le visage ridé d'incompréhension, il regarda Zipacnà en disant:

– Mais qu'est-ce qui te prend de me frapper comme ça ? T'es cinglé ou quoi !

Zipacnà eut un mouvement de recul.

– Tu es vivant?

– Bien sûr que je suis vivant, répondit Pak'Zil.

Tuzumab intervint :

– Ton cœur avait cessé de battre. C'est Zipacnà qui l'a réanimé.

Pak'Zil mit la main sur sa poitrine douloureuse.

– Il a plutôt essayé de me tuer, dit-il. Il tenta de se relever.

– Non, fit Tuzumab. Tu dois rester couché quelques instants.

Après une pareille mésaventure, le jeune scribe devait rester allongé pour éviter de fatiguer son cœur et pour qu'il puisse reprendre son rythme naturel.

Pak'Zil se couvrit le visage de son bras.

– Que se passe-t-il avec Hunahpù ? Il est devenu bleu et ses rayons brûlent.

– Toi et moi devons couvrir notre peau, affirma le père du prince. Une exposition, même courte, peut provoquer de graves brûlures.

Tuzumab s'étonna de ce savoir intuitif dont il se sentait investi. Il venait de sauver la vie de Pak'Zil grâce à une méthode dont il ignorait tout et « savait » maintenant que les rayons de ce nouveau soleil étaient ravageurs et qu'il fallait à tout prix s'en protéger. Il était fort intrigué. Que s'était-il donc passé ? Que s'était-il produit lorsqu'il avait touché le bâton de Ah Puch ? Il fut tiré de ses réflexions par Zipacnà qui dit :

– Attention ! Un monstre s'approche !

Lorsque l'aigle au bec de jade poussa son cri, Yaloum crut qu'il s'apprêtait à les attaquer. Elle battit les flancs de sa sauterelle géante, la forçant à accélérer, mais celle-ci avançait à sa vitesse maximale.

Pakkal, qui avait entouré de ses bras la taille de Yaloum pour ne pas tomber, relâcha son étreinte. Yaloum se retourna et ordonna à la sauterelle de s'arrêter.

Elle vit que le prince avait retiré son vêtement et que son corps, à l'exception de son visage, était maintenant couvert de poils noirs. Les bras de Pakkal étaient plus longs et ses mains, qui tenaient toujours le précieux œuf, étaient munies de griffes; ses jambes aussi avaient allongé, elles étaient repliées sur son torse et il avait maintenant une longue queue.

Pakkal fixait Yaloum, le regard rempli d'étonnement.

– Qu'est-ce qui m'arrive? eut-il le temps de dire.

Yaloum vit alors tout son visage prendre les traits d'un singe hurleur. Son menton s'allongea, sa bouche s'agrandit et ses lèvres s'épaissirent, s'ouvrant sur des dents inégales et pointues; le nez s'aplatit tandis que les oreilles s'agrandissaient.

Yaloum était bouche bée. Pakkal s'était transformé, sous ses yeux et en quelques secondes, en un singe hurleur.

Elle vit par-dessus l'épaule de Pakkal que l'aigle avait pris une position d'attaque et qu'il s'apprêtait à foncer sur eux. Elle s'empara du bras de son compagnon et le tira vers elle. Puis elle se laissa tomber.

L'aigle s'attaqua au prince et tenta de l'attraper. Mais il n'y arrivait pas, car son adversaire était désormais d'une grande adresse.

L'aigle parvint tout de même à lui asséner un coup de bec sur la tête. Pakkal, projeté contre le tronc d'un arbre, échappa l'œuf. Cette fois, l'oiseau ne rata pas sa chance. Il referma ses serres puissantes sur l'œuf et s'envola aussitôt.

Yaloum se précipita sur le prince.

– Est-ce que ça va ?

Pakkal était étourdi, sans plus. Il voulut rassurer sa compagne, mais ce qui sortit de sa bouche fut un gargouillis incompréhensible.

– Pouvez-vous répéter ? demanda Yaloum.

Pakkal réessaya, avec le même résultat. Il s'énerva et poussa un cri de colère.

La métamorphose fut suivie de démangeaisons comme Pakkal n'en avait pas connues auparavant. Les morsures de fourmis rouges n'étaient rien en comparaison de ce qu'il devait subir. C'était comme si les picotements avaient été sous sa peau. Et plus il se grattait, plus ces sensations s'amplifiaient.

D'autres singes hurleurs se pointèrent dans les arbres qui les entouraient. Ils poussèrent des hurlements dans un langage que Pakkal pouvait maintenant comprendre.

– Tu n'aurais pas dû toucher à l'œuf! dit l'un des singes.

– On te l'avait dit! enchaîna un autre.

– Tu es des nôtres, maintenant! ricana un troisième.

– Que s'est-il passé? demanda Pakkal.

– C'est ce qui arrive lorsqu'on tente de s'enfuir avec l'œuf à la coquille de jade, répondit l'un des singes. Tu dois maintenant apprendre à vivre et à te comporter comme un être intelligent!

Les primates se mirent tous à rire, puis se dispersèrent. Yaloum avait assisté à cette conversation sans en comprendre un seul mot. Heureusement que le prince portait encore son pagne; sinon, elle n'aurait pu le distinguer de ses congénères.

Yaloum se souvint alors de ce que lui avait confié Xantac avant de disparaître. Le maître avait insisté sur le fait que l'Arbre cosmique était sur le point de s'effondrer et il avait mentionné les lourdes conséquences que sa chute allait provoquer. Il avait ajouté qu'avant d'y grimper, Pakkal allait subir une transformation capable de lui donner les moyens d'atteindre le Monde supérieur. Était-ce de cette métamorphose en singe hurleur dont il parlait?

Une fois les singes partis, Pakkal prit conscience qu'il était maintenant coincé dans un corps auquel il allait devoir s'adapter. Des questions se bousculaient dans sa tête. Combien de temps allait-il vivre dans ce corps? Allait-il pouvoir redevenir comme avant? Si oui, quand? Et comment? Mentalement, il était toujours le même et avait encore toute sa raison. Mais physiquement, c'était une autre histoire. Il arrivait à se mettre debout, mais pas à marcher et devait utiliser ses deux bras pour se mouvoir. Et les sons qui sortaient de sa bouche n'avaient plus aucune parenté avec des mots.

Sachant qu'il avait une mission à accomplir et qu'il devait mettre un frein aux rayons du soleil bleu, il se demanda comment il pourrait y arriver après avoir été transformé en singe hurleur! Car c'était désormais en hurlant qu'il s'exprimait!

Il fit des efforts pour communiquer avec Yaloum. S'il se concentrait, peut-être arriverait-il à prononcer des mots qu'elle pourrait comprendre. Malgré l'application qu'il y mettait, il n'arrivait pas à maîtriser le langage des hommes. Il ne pouvait qu'émettre une suite de sons aigus.

Incapable de se faire comprendre, il se fâcha. Il poussa des cris et se frappa la tête avec les mains. Il bondit dans un arbre et sauta de branche en branche tout en continuant de manifester sa colère. Il dut reconnaître qu'il était devenu fort agile. Il se balançait d'arbre en arbre avec une facilité déconcertante.

Il atterrit en face de Yaloum, qui comprenait sa colère et son impuissance.

Elle lui tendit la main :

– C'est ce que Xantac souhaitait, lui dit-elle.

Elle était loin d'être certaine de ce qu'elle avançait, mais elle désirait stabiliser l'humeur du prince.

Pakkal n'en crut pas ses oreilles. Avait-il bien entendu? Xantac savait-il qu'en trouvant l'œuf à la coquille de jade, il allait se transformer en singe?

– Avec vos nouvelles facultés, poursuivit Yaloum, vous serez mieux en mesure de vous rendre dans le Monde supérieur.

Et rendu là-bas? se demanda-t-il. Qu'allait-il faire? Lancer ses excréments à Buluc Chabtan, comme le faisaient les singes hurleurs pour chasser les intrus qui s'étaient aventurés sur leur territoire? Crier si fort qu'il allait crever les tympans du dieu de la Mort soudaine?

– Nous devons nous rendre à l'Arbre cosmique le plus rapidement possible, dit Yaloum. Une fois que Hunahpù sera libéré, nous pourrons trouver une solution à votre désagrément.

Être devenu un singe, était-ce bien cela que Yaloum appelait un « désagrément » ?

– Laissons votre mygale ici, nous reviendrons la chercher plus tard.

Elle grimpa sur sa sauterelle géante et lui tendit la main. Mais en seul bond, il fut derrière elle.

Ils filèrent en direction de l'Arbre cosmique.

Ce que Zipacnà avait pris pour un monstre n'était autre qu'une sauterelle géante qui venait dans leur direction. Une femme et un singe étaient assis sur son dos.

– Est-ce que je dois écraser cette bestiole ? demanda Zipacnà, qui, en tant que géant, ne la voyait pourtant pas bien grosse.

– Non, fit Tuzumab.

Pak'Zil s'agenouilla.

– Et si elle était dangereuse ?

– As-tu déjà été attaqué par une sauterelle, jeune homme ?

– Dans ce monde étrange, on ne sait jamais.

Yaloum, ayant aperçu le géant à la tête de crocodile, changea de direction, de crainte qu'il ne soit hostile. Mais Pakkal avait reconnu le dieu des Montagnes et le salua. Yaloum comprit qu'il le connaissait.

Dès que la sauterelle s'arrêta, le prince se précipita sur Tuzumab. Il était heureux de revoir son père et content de retrouver Pak'Zil et Zipacnà. Il se sentirait moins seul pour accomplir sa mission. Il tourna autour de son père en sautillant.

Tuzumab resta sur ses gardes. Il savait les singes hurleurs imprévisibles : après vous avoir fait la fête, ils pouvaient changer d'humeur et, sans raison, se retourner subitement contre vous.

– Il porte les vêtements du prince Pakkal, remarqua Pak'Zil.

– C'est le prince Pakkal, dit Yaloum.

Le jeune scribe, dont le teint était redevenu normal, scruta Pakkal.

– Que s'est-il passé ?

– C'est à cause de l'œuf à la coquille de jade, n'est-ce pas ? demanda Tuzumab.

– Oui, répondit Yaloum. C'est après s'en être emparé que le prince a pris l'apparence d'un singe.

– L'œuf ? s'étonna Pak'Zil. De quel œuf parlez-vous ?

Tuzumab, à son propre étonnement, se mit à raconter ce qui suit.

– Il y a de cela plusieurs années, un singe hurleur, malheureux de son état, voulut devenir un Maya. Il savait que pour y parvenir, il devrait s'emparer d'un œuf à la coquille de jade. Mais en retour, il devrait également s'emparer du corps d'un Maya, lequel allait devoir intégrer son corps de singe. Il dénicha un Maya simple d'esprit et lui dit : « Si tu mets la main sur cet œuf précieux, tu deviendras riche. » L'idiot quitta son village. On raconte qu'il chercha l'œuf pendant plus de 40 ans avant de le trouver. Et pendant toutes ces années, il ne se passa pas un seul jour sans que le singe malheureux ne harcèle le simple d'esprit pour qu'il trouve cet œuf au plus vite. Lorsque le Maya mit enfin la main sur l'œuf, l'aigle apparut et son cri le transforma en singe hurleur tandis que le singe hurleur prenait le corps du simple d'esprit. C'est ce qui expliquerait pourquoi les singes ont des comportements qui nous paraissent idiots.

Tuzumab avait raconté son histoire avec une aisance qui le déconcertait.

– J'ai beaucoup voyagé, dit Yaloum, et des légendes, j'en connais. Mais celle-là, c'est la première fois que j'en entends parler. D'où vient-elle ?

– Aucune idée, fit Tuzumab sans sourire. C'est aussi la première fois que je l'entends.

Yaloum se doutait que le père de Pakkal plaisantait, mais elle n'osa le lui demander. Elle se dit qu'il faisait peut-être partie de ces gens pince-sans-rire qui gardent leur sérieux même lorsqu'ils se moquent.

– Sa mère l'a toujours surnommé Petit Singe, dit Tuzumab en regardant son fils.

Il se pencha. Pakkal s'approcha et se pressa sur la poitrine de son père. Il était si content de le savoir vivant.

– Nous allons te tirer de là, ne crains rien.

Pak'Zil se frotta les jambes et les avant-bras.

– Ces rayons bleus vont me rendre fou ! Il faut que je me trouve une…

Au même instant, un grondement coupa les plaintes du jeune scribe, un bruit sourd semblable à un coup de tonnerre se fit entendre. Il n'y avait pourtant aucun nuage dans le ciel. Le grondement se prolongea.

Tous levèrent les yeux. Ils n'avaient jamais vu pareil phénomène.

– Que se passe-t-il? demanda Pak'Zil.

On eut dit que le ciel s'était fracturé en deux. Une faille semblait le traverser de part en part.

– La voûte céleste… fit Tuzumab. Elle va s'effondrer.

– Vite! dit Yaloum. Nous devons nous rendre à l'Arbre cosmique avant qu'il ne soit trop tard!

Pak'Zil fronça les sourcils.

– Trop tard pour quoi? demanda-t-il à Yaloum.

Mais celle-ci courait déjà en direction de la sauterelle géante.

– Allons-y! dit Tuzumab.

En se relevant, Pak'Zil demanda :

– Je pourrais savoir ce qui va se passer ? Est-ce pire ou moins pire que ce que j'ai vécu à Xibalbà ?

– Aucune comparaison possible, dit Tuzumab. Ce sera la fin de la Quatrième Création.

Pak'Zil regarda le ciel.

– Et ça va faire mal ?

Pakkal et Tuzumab sautèrent dans la main de Zipacnà qui les mit sur son épaule.

À quelques mètres de l'Arbre cosmique, ils comprirent pourquoi le ciel s'était fracturé. Aux quatre extrémités, les quatre Bacabs, ces géants à la tête de jaguar, les supportaient, tandis que le centre était maintenu par l'Arbre cosmique. Or, le plus grand feuillu du Monde intermédiaire était dans un si pitoyable état qu'on se demandait comment il pouvait encore se tenir droit. Il n'avait plus d'écorce et il avait perdu la plupart de ses branches. Le brouillard bleu dans lequel il baignait accentuait son allure dramatique, un simple coup de vent aurait pu l'abattre.

En s'approchant, ils constatèrent que l'arbre tanguait, et que des craquements sinistres et inquiétants se faisaient entendre.

– Tu dois escalader l'arbre, dit Yaloum à Pakkal.

– C'est trop dangereux, dit Tuzumab, inquiet pour son fils. Il peut s'effondrer d'un instant à l'autre. Il faut d'abord le stabiliser.

– Non, répliqua Yaloum. Aucune stabilisation ne sera possible si ces maudits rayons bleus continuent leur carnage. Pour sauver l'Arbre cosmique, Pakkal sait ce qu'il doit faire.

Tuzumab observa son fils devenu singe :

– D'où viennent ces instructions ?

– De Xantac, l'ancien maître de votre fils, lui répondit Yaloum.

Tuzumab avait toujours fait confiance au scribe. C'était un homme fiable dont les paroles n'avaient jamais été mises en doute.

Ils furent interrompus par des gazouillements aigus qui ne leur semblèrent nullement menaçants, on eut dit ceux d'un enfant. Ils marchèrent doucement vers l'endroit d'où provenait ce drôle de babil. Ce qu'ils découvrirent les laissa stupéfaits.

Pakkal enjamba aisément les branches cassées qui jonchaient le sol, il fut le premier à apercevoir celui qui poussait ces petits cris à côté de l'Arbre cosmique. Le Hak, car c'était lui, avait la moitié du corps enseveli dans la terre. Pakkal se mit à bondir autour de lui pour montrer qu'il l'avait reconnu, mais il s'arrêta, déçu, en constatant que son propre aspect l'effrayait.

Yaloum se pointa, suivie de Tuzumab et des deux géants, et entreprit de dégager le petit être.

– Pauvre créature, dit-elle.

– Qui est-ce? demanda le père de Pakkal.

Pak'Zil mit un genou sur le sol et posa une main sur l'Arbre cosmique.

– C'est Frutok?

Pakkal voulut crier que, oui, c'était le Hak et qu'il était revenu à la vie, mais tout ce qui sortit de sa bouche fut une suite de sons inintelligibles.

Frutok était redevenu un bébé. Il avait toujours des poings surdimensionnés, 16 yeux et une queue au bout de laquelle se trouvait une main. Mais il était minuscule.

Dès que Yaloum le serra dans ses bras, il émit des gazouillis de bien-être.

– Il est tout mignon, fit-elle.

– Il ne fait pas très sérieux comme guerrier, fit remarquer le jeune scribe. Il manque de crédibilité.

Tuzumab regarda le spectacle désolant des branches d'arbre qui jonchaient le sol.

– Il faut nous éloigner d'ici. Certaines de ses branches sont grosses comme les arbres de la Forêt rieuse. S'il advenait que l'un de nous en reçoive une sur la tête, cela lui serait fatal. De plus, ces rayons de soleil brûlent la peau et l'air est malsain. Partons.

Tous appuyèrent sa proposition. En se relevant, Pak'Zil s'appuya sur le tronc de l'Arbre cosmique, qui ne lui fut d'aucun secours, car il lui glissa sous la main. Comme si on venait de lui asséner un coup de hache fatal, l'Arbre cosmique fut ébranlé. En même temps, un coup de tonnerre retentit. Zipacnà intervint au dernier instant. De ses trois doigts puissants, il enserra le tronc et le redressa. Mais le mal était fait : le ciel s'était fracturé et une pluie de branches s'abattit sur les membres de l'Armée des dons, pendant que les imposantes racines de l'Arbre jaillissaient du sol.

Pak'Zil fit un abri de ses mains pour Yaloum, Pakkal, Tuzumab et le petit Frutok. Des branches tombèrent sur lui, lui écorchèrent la peau et lui firent de profondes entailles. S'il ne les avait pas protégés, ses compagnons auraient été écrasés. Il les escorta jusqu'à ce qu'ils fussent en sécurité.

Les craquements inquiétants se poursuivaient. À la vitesse à laquelle les branches se détachaient, l'Arbre serait bientôt entièrement dénudé.

– Pak'Zil ! cria Zipacnà qui en avait reçu plusieurs sur la tête. Viens m'aider !

Le dieu des Montagnes ne parvenait pas à garder le tronc de l'Arbre perpendiculaire au sol. Malgré ses efforts, l'arbre tanguait, et Zipacnà peinait pour le garder en équilibre. Le jeune scribe vint l'aider à stabiliser l'Arbre cosmique.

– Pakkal, dit Yaloum. Vous devez y aller maintenant avant qu'il ne soit trop tard.

« Elle a raison. C'est maintenant où jamais », se dit Pakkal. Avec ses nouvelles facultés, il croyait qu'il allait pouvoir grimper plus aisément dans l'Arbre cosmique et atteindre le Monde supérieur. Mais une fois rendu, qu'allait-il se passer ? Allait-il devoir affronter Buluc Chabtan en singe hurleur ? Il n'avait aucune chance.

Son père le tira de sa rêverie.

– Pakkal !

Le prince de Palenque fonça en direction de l'Arbre cosmique. Il franchit habilement les branches qui lui barraient la route, sauta sur Zipacnà et, arrivé sur sa tête, bondit sur le tronc de l'Arbre. Puis il entreprit son ascension.

En singe hurleur, l'escalade était beaucoup plus aisée. Ses griffes lui permettaient de bien s'agripper au tronc en dépit des morceaux d'écorce qui s'en détachaient.

Il parvint enfin à la couronne de l'Arbre et jeta un œil en bas. Il avait grimpé bien plus haut qu'il ne le croyait. Et étonnamment, il n'était pas essoufflé. S'il avait été un Maya, jamais il n'aurait pu atteindre une telle hauteur en si peu de temps. Il commençait à comprendre pourquoi Xantac l'avait poussé à se transformer en singe hurleur.

La première branche que Pakkal agrippa cassa dès qu'il y mit son poids. Au dernier instant, il en attrapa une autre qui brisa elle aussi. Il comprit que s'il ne voulait pas chuter, il devait passer de branche en branche sans s'arrêter et en augmentant la cadence.

C'est ainsi qu'il escalada l'Arbre cosmique à une vitesse folle. Parfois, il chutait de quelques mètres, mais il arrivait toujours à se rattraper.

Il parvint enfin à ce qui ressemblait à un plateau. On y avait installé une plate-forme faite de morceaux de bois liés les uns aux autres par de la corde. Pakkal en profita pour se reposer. Il jeta un coup d'œil en bas : il était rendu si haut qu'il ne voyait plus le sol. Il frôlait les nuages, le ciel ne lui avait jamais paru aussi proche. En voyant les craquelures qui le parsemaient, il songea à un pot de terre cuite fissuré de partout, mais qui conserve sa forme initiale. « Ce n'est qu'une question de temps avant qu'il ne se désagrège », se dit-il.

L'Arbre cosmique se balançait lourde-ment. Plus Pakkal montait et plus il lui était malaisé de garder son équilibre. Des craque-lures se formaient en longueur et en pro-fondeur. C'était inquiétant et Pakkal se de-manda s'il allait avoir le temps d'atteindre le sommet.

Il déchiffra une série de glyphes qui avaient été gravés malhabilement dans l'écorce de l'Arbre. Visiblement pas l'œuvre d'un scribe, les signes avaient été sculptés rapidement, probablement avec un couteau.

Même si Pakkal n'était pas excellent en analyse d'écriture, il comprit ce que ces signes avaient tenté d'expliquer aux grimpeurs trop audacieux. En gros, ils les mettaient en garde contre les risques à dé-passer cette plate-forme. L'Arbre cosmique protégeait le Monde supérieur des possi-bles envahisseurs. Il y avait aussi un glyphe représentant Ah Puch. Mais impossible de savoir ce qu'il signifiait.

Que pouvait-il y avoir de si dangereux s'il poursuivait son chemin? Pakkal leva la tête. Il lui restait encore beaucoup de che-min à faire, il ne pouvait se permettre de ré-fléchir longtemps. Il lui sembla que l'Arbre cosmique pouvait s'effondrer d'un instant à l'autre et poursuivit donc sa montée.

Il remarqua alors que dans le tronc de l'Arbre, des oiseaux avaient été incrustés. Plus loin, il vit aussi des singes et des écureuils, et plus haut encore il trouva des Mayas de taille adulte. Comme si tous ces corps avaient été forcés de s'intégrer au tronc pour fusionner.

Soudain, il lui fut subitement impossible d'avancer plus loin. On le retenait par le pied. Il baissa la tête et vit qu'une branche très fine s'était enroulée autour de sa cheville. Il en vit une autre s'avancer et enserrer son autre cheville : des lianes.

C'est alors que la branche sur laquelle il se tenait se cassa.

Au pied de l'Arbre, rien n'allait plus. Zipacnà et Pak'Zil tenaient le tronc en déployant tous leurs efforts, mais ils avaient de plus en plus de mal à le garder à la verticale, secoué qu'il était comme si de grands vents s'étaient mis à souffler en changeant continuellement de direction. De plus, ils devaient prendre soin de ne pas trop s'appuyer sur son tronc, celui-ci étant devenu mou et friable. Pak'Zil ne savait plus quoi faire pour empêcher la catastrophe.

– Il va tomber !

– Tiens bon ! lui cria Tuzumab.

Il se retourna vers Yaloum qui tenait le petit Frutok dans ses bras.

– Si l'Arbre cosmique tombe...

Yaloum le coupa.

– Ne dites pas de pareilles choses et demeurez confiants.

Frutok tirait les cheveux de Yaloum en rigolant et ne semblait nullement préoccupé par ce qui se passait.

– Les Bacabs[2] ne peuvent quitter leur position, dit Tuzumab. Qui donc aura la force de soutenir le ciel ?

Yaloum entendit des bruits de pas derrière elle. Elle se retourna et vit s'avancer lourdement un tootkook. Instinctivement, Yaloum serra le petit Frutok dans ses bras et recula.

[2]Fils d'Itzamnà, le père de tous les dieux, ils soutiennent chacun des quatre coins du ciel.

Tuzumab, au contraire, s'avança.

– Mon ami… Que s'est-il donc passé ? Vous semblez si mal en point !

Il ne restait en effet au tootkook qu'un bras et il avait une jambe sectionnée au bout de laquelle il avait fixé un bout de bois. Il n'avait plus qu'un œil en plein milieu du front et avançait avec difficulté. Il semblait très souffrant. Il parvint à balbutier :

– Nous… agonisons…

Yaloum se rappela le sort que Ah Puch avait jeté aux tootkook. Ils seraient martyrisés si on touchait à l'Arbre cosmique !

Elle tendit Frutok à Tuzumab et fonça vers l'Arbre cosmique. Dès qu'elle se fut assurée que les deux géants allaient pouvoir l'entendre, elle leur cria :

– Ne touchez plus à l'Arbre cosmique !

– Yaloum, attention !

La femme se couvrit la tête de ses bras. Aussitôt, Pak'Zil quitta son poste et s'agenouilla au-dessus d'elle. Il était temps, une branche se fracassa alors sur son dos, qui l'aurait tuée si le géant n'avait par réagi.

– Vous l'avez échappée belle, dit Pak'Zil en se relevant.

– Il ne faut plus toucher à l'Arbre cosmique, vous m'entendez ? Si vous n'obéissez pas, les tootkook vont mourir.

Elle se tourna vers celui qui était venu les avertir. Il ne se tordait plus de douleur, même si Zipacnà était encore en contact avec l'Arbre cosmique.

– Ça va mieux ? lui demanda-t-elle lorsqu'elle fut assez proche de lui.

– Oui, dit le tootkook.

Dans les bras de Tuzumab, le tout jeune Frutok se débattait. Croyant qu'il ne voulait plus être avec le père de Pakkal, Yaloum proposa de le reprendre. Mais ce n'est pas ce que Frutok voulait. Tuzumab, ne sachant que faire pour le satisfaire, le déposa sur le sol. Le petit se mit à avancer très rapidement en marchant sur ses courtes jambes et se dirigea vers le tootkook. Il s'assit devant lui et mit la main sur son front. Le tootkook ferma les paupières. Quelques secondes plus tard, le bras qui lui manquait repoussa, le moignon de sa jambe fit place à un mollet et à un pied, et ce fut bientôt tout son corps qui s'améliora à vue d'œil. Frutok riait à gorge déployée, comme un enfant que l'on chatouille.

Une fois qu'il eut retrouvé tous ses membres, c'est un tootkook grand et mince qui se releva. Il se pencha vers Frutok et posa un baiser sur son front. Frutok raidit ses bras pour qu'il le prenne, ce qu'il fit.

– Nous avons besoin de toi.

Pendant ce temps, le dieu des Montagnes continuait de peiner afin de soutenir le tronc de l'Arbre. Le regard courroucé, il dit au jeune scribe :

– Qu'est-ce que tu fais, fainéant ? Viens m'aider !

– Je ne peux pas, répondit Pak'Zil.

– Pourquoi ?

Pak'Zil pointa du doigt Yaloum.

– Elle me l'interdit.

– Et alors ? Tu pourrais l'écraser avec un doigt ! Viens m'aider !

Pak'Zil hésita, puis céda. Mais dès qu'il posa la main sur le tronc, le tootkook s'effondra, secoué par un spasme et poussa des cris de douleur. Il en échappa Frutok, qui éclata en sanglots.

Yaloum se retourna et vit que Pak'Zil était retourné auprès de Zipacnà. Elle hurla :

– Non ! N'y touchez pas !

Pak'Zil retira immédiatement ses mains et observa Zipacnà :

– Je te l'avais bien dit ! Elle ne veut pas. Tu iras l'écraser, toi, avec un de tes doigts !

Le tootkook cessa de gémir immédiatement, mais Frutok pleurait toujours. Sa chute ne l'avait pas blessé, mais il avait eu peur. Yaloum le réconforta.

– Je suis désolé, dit le scribe, piteux. Pourquoi Zipacnà peut-il toucher à l'Arbre mais pas moi ?

Yaloum tapotait les fesses du petit Frutok qui semblait inconsolable.

– Je ne sais pas, dit-elle, sur un ton irrité. Peut-être est-ce parce qu'il vient du Monde inférieur ?

Le tootkook à l'œil unique se releva, ébranlé.

– Ne perdons pas de temps, dit-il.

Il fit signe à Yaloum de le suivre. Tuzumab et Pak'Zil lui emboîtèrent le pas.

Ils marchèrent dans la forêt, puis arrivèrent au lieu de rassemblement. Tuzumab fut frappé par la scène tragique qu'il avait devant lui. Plusieurs tootkook rampaient sur le sol, comme s'ils avaient subi les assauts d'une impitoyable armée. C'était une vision d'horreur.

Dès que Frutok les vit, il cessa de pleurer et se mit à courir. Il trottina vers le chef des tootkook, Dirokzat. Ses deux têtes reposaient sur le sol, immobiles, comme le reste de son corps. Frutok le toucha, mais rien ne se passa. Le chef des tootkook était mort.

Celui que le Hak avait guéri fit signe à ses congénères d'approcher tout en aidant ceux qui n'arrivaient plus à se mouvoir. Les autres, en rampant, approchèrent du jeune Frutok. Dès qu'ils le touchèrent, le processus de régénération s'enclencha.

C'est une exclamation provenant de l'Arbre cosmique qui les fit tous se retourner. Pak'Zil se précipita le premier. Dès qu'il vit ce qui se passait, il posa ses deux mains sur sa tête et murmura :

– Oh non…!

L'air était glacé et même les poils qui recouvraient son corps de singe ne gardaient plus Pakkal au chaud. La peur qu'il éprouvait avait peut-être sur lui un effet frigorifiant. Si les lianes enroulées autour de ses chevilles se desserraient, sa chute serait mortelle. Sa condition de singe hurleur ne pourrait même pas le sauver.

Il se demanda combien de temps il allait rester suspendu ainsi, la tête en bas. Il réussit à imprimer à son corps un mouvement de va-et-vient. Dès qu'il se rapprochait du tronc, il tentait de l'agripper, mais en vain. Il n'arrivait même pas à le frôler. Il vit qu'une ouverture s'était formée entre les branches qui ondoyaient. Il comprit que son corps allait être emprisonné, puis absorbé par l'Arbre cosmique comme ceux des Mayas et des animaux qu'il avait vus plus bas, incrustés dans son tronc. C'est ainsi que le grand feuillu agissait avec les importuns, il les emprisonnait dans son tronc.

Pakkal se replia sur lui-même et tenta de se défaire des lianes qui lui immobilisaient les pieds. Il parvint à glisser ses griffes dans le mince espace entre les branches fines et sa cheville gauche et, à l'aide de son couteau d'obsidienne, il put se libérer en les sectionnant. Il avait maintenant une plus grande marge de manœuvre pour se balancer jusqu'au tronc. Mais les branches de l'Arbre qui semblaient douées de vie ne l'entendaient pas ainsi. Avant que le prince ne puisse s'être donné un élan pour atteindre le fût, une liane s'entortilla autour de son bras. Il tenta de s'en défaire, mais elle le tira violemment vers le tronc. En quelques minutes, il fut sous le contrôle absolu des lianes. Elles étaient si serrées autour de son torse qu'il avait du mal à respirer. Elles lui écrasaient le visage et l'entraînaient inéluctablement vers le cœur de l'Arbre cosmique.

Pakkal déploya toutes ses forces, mais sans résultat. Il ouvrit la gueule et poussa un cri perçant qui le surprit par sa puissance. Et comme lorsqu'il s'apprêtait à frapper au jeu de la balle, cela lui donna plus de force. Il réussit à dégager un bras. Le hurlement suivant lui permis de dégager l'autre bras. Mais les lianes étaient coriaces. Dès qu'il réussissait à s'en défaire, elles reprenaient de la vigueur avant de s'enrouler de nouveau autour de ses membres.

Le combat dura longtemps. Mais les cris lancés par Pakkal semblaient avoir un effet mystérieux sur les lianes et il finit par s'en libérer. C'est à bout de souffle qu'il poursuivit son ascension. Il avait l'impression que ses poumons étaient embrasés. Les muscles de ses bras de primate le faisaient souffrir, mais il se devait de poursuivre, il approchait de son but.

Il s'interrompit soudain dans sa montée lorsque l'Arbre cosmique se mit à vibrer. Pakkal jeta un coup d'œil vers le bas. Lorsqu'il constata ce qui se passait, bien qu'il fût à bout, il accéléra.

Pak'Zil vit Zipacnà courir pour se mettre à l'abri.

L'Arbre cosmique s'effondrait. Le sol se mit à trembler et le jeune scribe, tétanisé par la gravité du moment, se dit qu'il assistait à la fin de la Quatrième Création.

Pakkal prit conscience que l'Arbre cos-mique allait se dérober sous lui. Affolé, il erra de branche en branche, avançant sans savoir où aller, encore et toujours plus vite. Songeant que le Monde supérieur était peut-être tout près, il poursuivit sa course désespérée.

À bout de forces, il finit par atteindre le sommet avant que l'Arbre ne s'écroule. Mais à quoi bon ? Il n'y avait rien là, aucune issue, rien qui lui indiquait comment accéder au premier niveau, là où se trouvaient les dieux bienveillants.

Le grondement s'amplifia. Pour éviter de tomber avec l'Arbre cosmique, désespéré, il prit le plus grand élan qu'il put et sauta dans le vide.

C'est alors qu'il sentit qu'on lui attra-pait un poignet.

:·:

Tandis qu'il courait se mettre à l'abri, Pak'Zil vit s'abattre sur Zipacnà une partie de l'Arbre cosmique. Le dieu des Montagnes perdit conscience et s'effondra. Pak'Zil fut empêché de lui venir en aide par d'autres tronçons de l'Arbre qui continuaient de tomber.

Lorsque l'hécatombe fut terminée, Pak'Zil courut vers l'endroit où il avait vu disparaître son ami à tête de crocodile. Il ne vit qu'une montagne formée des restes du grand feuillu qui mesurait plus du triple de sa hauteur.

– Zipacnà ? cria le jeune scribe. Tu m'entends ?

Pour toute réponse, Pak'Zil n'entendit que le bruit d'un gigantesque froissement. Il leva les yeux et vit que le ciel s'écroulait.

Au lieu de s'enfuir comme il aurait dû le faire, il eut un geste spontané qu'il n'aurait jamais eu l'idée de faire dans une pareille circonstance. Il leva les bras.

Le jeune Pak'Zil de Toninà tenait le ciel au bout de ses bras.

．．
．．．

La poigne était ferme. Pakkal fut remonté et remis sur ses pieds. Enfin ils reposaient sur un sol mou et cotonneux, mais solide.

– Bonjour, petit-fils.

Son grand-père, Ohl Mat, se tenait droit devant lui. Il venait de lui sauver la vie.

– Content de te revoir. Je vois que tu as quelques poils en plus.

Il lui fit un clin d'œil.

Pakkal était dans le Monde supérieur. Il ne faisait ni chaud ni froid. Le paysage était vide. Le soleil bleu était gigantesque, mais on pouvait le regarder sans se brûler les yeux. Il ne dégageait aucun rayon. Le visage de Hunahpù y était incrusté, il avait les yeux fermés.

– Suis-moi, petit-fils.

Ils firent quelques pas, puis s'arrêtèrent.

– Je suis désolé, Petit Singe. Il m'y a obligé.

Pakkal ne se demanda pas longtemps qui était ce « il » dont parlait son grand-père.

Du sol émergea un être musclé portant une torche de feu bleu. Il dégageait une forte odeur de viande faisandée. C'était Buluc Chabtan.

– Je t'attendais, dit-il.

Pakkal poussa un hurlement et bondit dans sa direction.

À suivre dans :

Le mariage de la princesse Laya

Du même auteur

Pakkal / Les larmes de Zipacnà
Les Éditions des Intouchables, 2005

Pakkal / À la recherche de l'Arbre cosmique
Les Éditions des Intouchables, 2005

Pakkal / La cité assiégée
Les Éditions des Intouchables, 2005

Pakkal / Le codex de Pakkal, hors série
Les Éditions des Intouchables, 2006

Pakkal / Le village des ombres
Les Éditions des Intouchables, 2006

Pakkal / La revanche de Xibalbà
Les Éditions des Intouchables, 2006

Pakkal / Les guerriers célestes
Les Éditions des Intouchables, 2006

Pakkal / Le secret de Tuzumab
Les Éditions des Intouchables, 2007

Pakkal / Le soleil bleu
Les Éditions des Intouchables, 2007

Circus Galacticus,
Al3xi4 et la planète de cuivre
Éditions Marée Haute, 2007

Phobies-Zéro Jeunesse

Maxime Roussy est porte-parole de **PHOBIES-ZÉRO volet jeunesse**. Il s'est donné comme mission, entre autres, de démystifier les troubles d'anxiété chez les jeunes en leur racontant avec humour ses expériences liées à son trouble panique avec agoraphobie.

Tu n'es pas seul. Plusieurs personnes se sentent comme toi. La bonne nouvelle c'est que nous pouvons t'aider !

Pour savoir par où commencer, visite le

www.phobies-zero.qc.ca/voletjeunesse

ou communique avec nous au :

(514) 276-3105 / 1 866 922-0002

JOINS-TOI À
L'ARMÉE DES DONS

Quels avantages y a-t-il à faire partie de l'Armée des dons ?

Entre autres, tu reçois, en primeur, des nouvelles exclusives au sujet de ton héros préféré ; tu peux participer à des concours qui te permettront de courir la chance de remporter des prix cool ; tu posséderas l'épinglette exclusive réservée aux membres de l'Armée des dons.

Ça t'intéresse ?

Pour devenir membre officiel de l'Armée des dons, c'est GRATUIT, tu n'as qu'à visiter le site Web.

www.armeedesdons.com

Maxime Roussy

« Un roman original et croustillant
aux rebondissements imprévus. »

Anne Robillard, auteure des
Chevaliers d'émeraude

En 1995, le téléscope spatial Hubble,
en orbite autour de la Terre, prend une série
de photographies qui viennent confirmer
l'hypothèse selon laquelle l'univers con-
tiendrait des milliards de galaxies, renfer-
mant pour leur part des milliards d'étoiles
et de planètes. À la lumière de ces informations, il est presque impossible, statistique-
ment parlant, de croire que nous, Terriens,
serions les seuls êtres pensants de l'univers.
Croire le contraire équivaudrait à considérer
que la Terre est plate comme l'ont longtemps
supposé nos ancêtres.

Quelques années après cette découverte, en 1999, le radio-télescope le plus gros du monde, celui d'Arecibo à Porto Rico, reçoit un message radioélectrique provenant de l'amas globulaire M13, situé à 25 000 années-lumière. C'est vers cette destination que des scientifiques avaient transmis une communication radio en 1974. Sachant que pour s'y rendre, le message avait besoin de vingt-cinq mille ans (et le même nombre d'années pour recevoir un écho intelligible), ils ne firent aucun lien avec le message reçu par Arecibo.

Mais que contenait donc cette communication ? Les scientifiques du monde entier se sont mis d'accord pour la garder secrète. C'est aujourd'hui, dans ce livre, que son contenu est révélé au grand jour. Il a fallu plus de huit ans et la mise en commun des processeurs de plus d'un million d'ordinateurs pour décrypter ce message, d'une longueur considérable. La transcription en est stupéfiante et laisse les chercheurs complètement déroutés : il s'agit d'un journal intime, apparemment enregistré par un capteur de souvenirs, émis par une adolescente vivant en 3999 de notre ère. Cette jeune fille, Al3xi4 Barnum, fille de Disco Barnum, un montreur de phénomènes, voyageait à bord d'un vaisseau spatial, le *Circus Galacticus*.

Comment ce message radio a-t-il pu remonter le temps et nous parvenir intact? Des centaines de scientifiques se sont posé la question et ont tenté d'échafauder des hypothèses.

Plusieurs des technologies mentionnées dans ce document, tels les capteurs de souvenirs, nous sont encore inconnues et semblent impossible à réaliser. Elles restent du domaine de la science-fiction. Pourtant, certaines de ces technologies s'apparentent aux nôtres, comme l'Hypernet qui comporte des similitudes avec l'Internet que nous connaissons aujourd'hui. Par ailleurs, il est étonnant de constater qu'une adolescente de 3999 partage avec les jeunes filles du XXIe siècle les mêmes préoccupations et les mêmes désirs.

Voici donc, sans plus tarder et pour notre plus grand plaisir, les aventures d'Al3xi4 Barnum, telles qu'elles ont été enregistrées, environ deux mille ans avant sa naissance...

• • •

Découvre la suite dans le roman de Maxime Roussy
CIRCUS GALACTICUS
Al3xi4 et la planète de cuivre

•

240 pages, Éditions Marée Haute

ACHEVÉ D'IMPRIMER
en juin 2008 sur les presses de Transcontinental Gagné
pour le compte des Éditions Marée Haute

Imprimé sur Rolland Enviro100, contenant
100% de fibres recyclées postconsommation,
certifié Éco-Logo, Procédé sans chlore, FSC
Recyclé et fabriqué à partir d'énergie biogaz.